은달이 뜨는 밤, 죽기로 했다

은달이 뜨는 밤,
죽기로 했다

조영주
장편소설

마티스블루

차례

23시 52분

그녀는 보름달이 너무 밝아서 죽기로 결심했다. 이 모든 건 하늘에 뜬 달이 평소와 다른 탓이었다. 달은 보름달 하면 흔히 떠오르는 샛노란색이 아닌…… 그래, 그건 은빛 달이었다. 은달은 닿을 듯 가까이 있었지만 손을 내밀수록, 다가갈수록, 멀어지기만 했다.

하아.

그녀는 한숨을 크게 내쉰 후 로프와 휴대폰을 손에 쥐었다. 문을 열고 집을 나섰다. 끼이익 하고 현관문 열리는 소리가 나자 그녀는 자연스레 말이 나왔다.

"시끄럽게 해서 죄송해요……."

이 집에 사는 동안 층간소음으로 그녀가 폐를 끼친 일은 한 번도 없었다. 그래도 누군가 화를 낼 것 같았다.

그녀는 숨소리마저 죽이고 계단을 내려갔다. 건물 1층 현관으로 나와 마주 보이는 내리막길을 내려다보았다.

그녀의 집은 언덕 꼭대기에 있었다. 지은 지 20년이 족히 된 3층 빌라로 집값이 유독 쌌다. 달동네라 그런 게 아니라 귀신이 나온다는 소문이 있는 숲 바로 앞에 있는 탓이었다. 이 소문은 곧 사실이 될지도 모른다. 그녀는 그 숲에서 죽을 테니까.

그녀가 숲으로 향했다. 이 길은 처음이다. 그녀는 집 뒤 언덕에서 숲으로 통하는 길이 내리막길이 아니라 평지란 사실도, 얼마 안 가 길이 두 갈래로 나뉜다는 사실도 오늘에야 알았다.

그녀는 보도블록이 깔린 인도 대신 사람이며 짐승이 자주 오가 발로 다져진 흙길을 골랐다. 그녀는 겁이 많다. 평소라면 그녀는 짐승길로 가지 않았으리라. 밤이면 더욱 그렇다. 오늘은 달랐다. 그녀는 겁을 잔뜩 먹었으면서도 흙길을 걸었다. 슬리퍼에 닿는 땅의 감촉이 낯설었다. 짐승길로 들어가고 얼마 지나지 않아 그보다 더 낯선 현수막을 발견했다.

분묘 연고자 신고 안내

이 지역은 공원 조성사업부지로 사업 구역 내 분묘는 이장해야
하므로 분묘 연고자 또는 연고자를 아시는 분들은 평평시청 공원
과로 연락해주시기 바랍니다. 신고 및 이장의 절차가 이루어지지
않은 분묘는 '장사 등에 관한 법률' 등 관련법에 따라 무연고 분묘
로 간주하여 처리할 예정임을 알립니다.

그녀는 현수막의 글자를 되풀이해 읽으며 생각했다. 묘 근
처에 목을 매달 적당한 나무가 있을지도 몰라. 하늘을 올려
다보았다. 아직 은달이 밤하늘에 떠 있었다. 어쩌면 이건 은
달의 계시일까.
분묘라고 해서 몇 개나 있을까 싶었는데 봉분이 무려 여
섯 기나 있었다. 묘비나 비석은 하나도 없었다. 대신 근처에
철제 펜스까지 치고 정성스레 일군 텃밭이 보였다. 그녀는
무덤 근처에 텃밭이 있다는 게 놀라웠다. 이런 곳에서 어떻
게 밭일을 할 수 있을까 싶었다. 조금 지나자 생각이 바뀌었
다. 그녀 자신만 해도 한밤중에 무덤 옆길을 걷고 있다. 처음

엔 조금 무서웠지만 이젠 아무렇지 않다.

텃밭 옆에 목을 매기에 안성맞춤인 커다란 나무 한 그루와 의자가 놓여 있었다. 밭일을 하다 잠깐 쉬려고 갖다둔 의자였겠지만 지금 이 순간, 그녀에겐 이것들이 자살을 위한 완벽한 소도구로 보였다.

그녀가 의자 위에 올라섰다. 까치발로 서서 굵은 나뭇가지를 향해 로프를 던졌다. 운이 좋았다. 로프가 단번에 걸렸다. 그녀는 로프의 한쪽 끝을 나뭇가지에 단단히 고정시킨 후, 다른 한쪽 끝을 올가미로 만들었다. 올가미를 양손으로 꽉 쥐었다. 막상 죽는다고 생각하자 겁이 났다. 양손에 식은 땀이 났다. 무릎이 덜덜 떨리더니 힘이 빠져 후들거렸다. 심호흡을 크게 했다. 눈을 감았다. 일말의 망설임이 스쳐 지나갔다. 누군가 지금 이 순간 전화를 해온다면, 메시지 한 통만 보내줘도 죽을 생각을 접을 것 같았다. 하지만 그녀에게 전화를 걸어올 이는 없…… 휴대폰의 진동을 느꼈다. 그녀는 깜짝 놀라 휴대폰을 손에 들고 확인했다.

안녕하세요. 평평도서관입니다.

장기간 연체된 도서를 반납해주세요.

(오후 11시 52분)

　그녀는 문자 내용을 보고 헛웃음을 지었다. 그럼 그렇지, 누가 나한테 전화를 하겠어. 그녀는 새삼 죽을 결심을 다졌다. 고개를 들었다. 여느 때보다 훨씬 크고 스산하게 빛나는 보름달은 그녀의 삶이 앞으로도 우울하리라는 전망처럼 보였다. 23시 52분, 그녀는 그렇게 올가미에 목을 매고 의자를 걷어찼다.

1장
한밤의 티 파티

1

그녀는 죽지 않았다. 의자를 걷어찼으니 죽어야 했다. 올가미를 잘못 맨 걸까? 그녀는 땅바닥에 주저앉은 채, 고개를 들어 나뭇가지에 걸린 로프를 찾았다. 나뭇가지도, 로프도 제대로 걸려 있었다. 그녀 혼자 바닥에 주저앉아 있다는 사실만 달라졌다. 그녀는 다시 한 번 죽어볼 셈이었다. 의자에 올라가 목만 매달면 끝이다. 그런데 의자마저 사라졌다. 그녀는 이해할 수 없었다. 밤하늘의 은달은 그대로였지만 아까까지와는 미묘하게 달랐다. 스산하기 짝이 없던 은달이 이제는 세상을 감싸는 따듯한 빛을 뿜고 있었다. 게다가 그런 은달에 꼬리가 달려 있었다. ……달에 꼬리가 달리다니? 가만히 노려보니 그건 굴뚝이었다. 그녀에게는 좋은 소식이었다. 굴뚝이 있다는 건 그 아래 집이 있다는 뜻이다. 발 디딜 의자 하나쯤 빌릴 수 있으리라.

그녀가 은달을 향해 걸었다. 사박, 낙엽 밟는 소리가 기분 좋게 귀를 간지럽혔다. 4월이다. 벚꽃이 지고 배꽃이 필 때인데 낙엽이라니.

3년 전 처음 평평시에 온 날, 그녀는 새하얀 세상에 마음을 빼앗겼다. 배꽃 나무 아래 벚꽃 잎이 떨어지면 온 세상이 하얗게 변한다. 4월 내내 그녀는 집에 갈 때 일부러 새하얀 길만 골라 걸었다. 이때 처음 알았다. 꽃은 밟을 때 사박사박이 아니라 사뿐사뿐 소리를 낸다.

이윽고 나타난 굴뚝 달린 집이 그녀를 현실로 돌려놓았다. 그 집은 굴뚝뿐만 아니라 2층 건물 전체가 어린 시절 동화나 애니메이션에서나 볼 법한 벽돌집처럼 생겼다. 사각형으로 틀을 짠 창문 안쪽에서는 따스한 빛과 함께 음악 소리가 새어 나왔다. 이지 리스닝 재즈 음악에 맞춰 누군가 노랫가락을 흥얼거리고 있었다. 메조소프라노였다. 무덤 뒤, 텃밭 뒤, 아무도 다니지 않는 으슥한 숲길을 쭉 따라가자 동화의 한 장면 같은 집이 나오다니……. 그녀는 목소리의 주인공이 궁금해졌다.

그녀가 창문 너머 집 안을 훔쳐봤다. 집 안에는 한 명밖에 없었다. 새하얀 머리에 돋보기안경을 쓴 할머니였다. 할머니는 빅토리아 시대를 배경으로 한 영화에서나 볼 법한 차림새였다. 리넨 소재의 살짝 빛이 바랜 블라우스에 자잘한 꽃무늬 패턴의 노란색 긴 치마를 입고, 그 위로 레이스 앞치마를 둘렀다. 살짝 등이 굽었지만 복장은 전혀 불편하지 않은 듯, 콧노래를 연신 흥얼거리며 분주히 몸을 놀렸다. 마치 춤을 추는 것과도 같은 리드미컬한 움직임이었다. 그녀는 할머니를 처음 봤는데도 왠지 낯이 익었다. 조금 지나 기시감의 이유를 깨달았다. 할머니는 언젠가 책에서 본 타샤 튜더와 닮은 꼴이었다.

할머니가 커다란 업소용 에스프레소 머신 앞에 섰다. 갈색 크레마가 듬뿍 담긴 에스프레소를 투샷을 내리는 것과 동시에 스티머로 우유를 데웠다. 오래 써서 윤이 반들반들 나는 나무 잔에 에스프레소를 담은 후 라테아트를 그렸다. 살짝 굽은 허리를 더욱 깊이 숙이고 작업에 열중하다 보니 우유

거품에 코끝이 닿을락 말락 했다. 그녀가 한참 숨죽이고 관찰하는 사이, 커피 잔 위의 그림이 완성됐다.

"보름달인가?"

그녀의 목소리가 조금 컸나 보다. 할머니가 창문으로 고개를 돌렸다. 그녀와 할머니가 눈이 마주쳤다.

"어머?"

그녀는 재빨리 창문에서 얼굴을 뗐다. 모르는 체하려 했지만 이미 늦었다. 할머니가 나무문을 열고 나왔다.

"죄, 죄송해요. 놀라셨죠?"

"괜찮아요. 들어와요, 어서 들어와."

"아, 아니. 안 들어가도, 괜찮아요. 그냥 갈게요."

그녀는 어쩔 줄 몰라 하다가 뭔가에 발이 걸려 넘어질 뻔했다. 할머니에게 안기다시피 해서 균형을 잡고 나서야 그녀는 그것이 입간판이란 사실을 깨달았다.

카페 은달

갓 구운 빵과 커피를 팝니다.

● 하늘에 은달이 뜬 날만 열어요!

"카페 은달?"

"맞아요, 우리 가게 이름이야. 자, 들어와요. 오늘은 영업일이야."

할머니가 하늘의 은달과 입간판을 번갈아 가리키며 말했다.

"들어올 거지?"

"아, 예. 그, 그럼 죄송하지만 잠깐만 실례할게요……."

그녀는 주변을 두리번거리며 할머니의 뒤를 따랐다. 카페에 들어서는 순간, 그녀는 가볍게 공기가 일렁이는 듯한 기분이 들었다. 흠칫 놀랐지만 할머니는 아무렇지 않아 보였기에 티 내지 않았다.

카페 안이 무척 따뜻했다. 그녀는 주변을 두리번거리다 주방 한쪽에 놓인 화덕 오븐을 발견했다. 오븐에서 고소한 냄새와 함께 열기가 전해지고 있었다. 지붕 위로 솟은 굴뚝은 저 오븐과 연결된 듯했다.

"이쪽으로."

할머니가 카페의 하나밖에 없는 나무 테이블을 가리키며 말했다. 테이블과 의자는 바닥에 단단하게 고정되어 있었다.

"실례하겠습니다."

그녀가 자리에 앉자, 할머니는 동그란 쟁반 위에 나무 잔을 올려 돌아왔다. 방금 전 그녀가 훔쳐봤던 보름달이 뜬 라테였다.

"마셔요. 나는 한 잔 더 내리면 돼."

"죄, 죄송해요. 고, 고맙습니다."

그녀는 할머니가 준 라테를 마시며 주변을 살폈다. 주방 뒤쪽에 2층으로 통하는 나무 계단이 있었다. 밖에서 훔쳐볼 때는 보이지 않았던 문을 중심으로 한 벽면엔 시계가 가득 걸려 있었다. 굉장한 골동품으로 보이는 것부터 최신 전자시계까지 종류가 다양했다. 시계들은 각기 다른 시간을 가리키고 있었다. 세계 곳곳의 시각을 가리키는 시계들일까. 그러고 보니 지금 몇 시쯤 됐을까. 그녀는 휴대폰을 꺼내 화면을 확인했다. 지금 시간은 23시 52분이었다. 아까도 23시 52분 아니었나? 그녀는 휴대폰과 같은 시간을 가리키는 벽시계를 찾았다. 플라스틱으로 만든 정사각형의 무소음시계가 23시 52분을 가리키고 있었다. 벽에는 다양한 시계가 있었다. 하나같이 아름다웠다. 백 년도 넘은 듯한 시계, 보석으로 세공한 듯한 시계, SF영화에서 본 듯한 전자시계에 박물관에서 볼 법한 뻐꾸기시계도 있건만…… 왜 내 시간을 가리키는 시계만 저렇게 볼품없을까.

"먹어봐요."

그녀가 주변을 흘깃거리는 사이 할머니가 접시를 갖고 돌아왔다. 초승달 모양 본차이나 접시엔 한입에 쏙 들어갈 만한 크기의 별 모양 쿠키가 한 개 놓여 있었다. 그녀는 휴대폰을 다시 옷 주머니에 집어넣은 후 쿠키를 한 입 깨물었다.

"맛있어요!"

입안 가득 퍼지는 쌉싸름한 유자향이 견과류와 잘 어울렸다. 하늘에 뜬 별을 먹는다면 이런 맛일까 싶었다.

"어떻게 여기까지 왔어요?"

"죄송하지만 제가 죽고 싶어져서 그만……. 제가 월세를 살거든요. 집주인한테 폐를 끼치면 안 될 것 같아서 일단 집을 나왔어요. 평소 가던 길로 갈까 하다가 그쪽은 사람들 사는 골목인데 민폐가 될 것 같았어요. 집 뒤 숲은 사람들이 안 오갈 것 같아서 그쪽으로 향했죠. 길을 가다 보니 딱 좋은 묘지가 나왔어요. 묘지 옆에는 텃밭이 있었는데, 그 옆에 의자랑 목을 매기 적당한 나무가 보였어요. 텃밭을 매는 분들이 많이 놀라실 것 같아 죄송했지만……. 저에겐 이보다 나은 선택지가 없었어요. 이런 데서 죽어서 죄송하다고, 놀라시게 해서 죄송하다고 생각하며 의자에 올라가 목을 맸어요. 그런데 죽지 않았어요. 저는 갑자기 바닥에 툭 떨어져 버렸죠. 의자도 사라져버렸고요. 그렇다고 안 죽을 수도 없고……. 어떻게 할까 고민하다가 이곳을 발견했어요. 죄송하지만 의자를 빌려야겠다고 생각했어요."

그녀는 낯을 많이 가린다. 초면의 사람과 수다를 떠는 일역시 거의 없다. 오늘의 그녀는 평소와 달랐다. 무엇에 홀린 듯 할머니에게 자신의 이야기를 들려주었다. 은달 카페가 비현실적이기 때문일 수도, 보름달과 꼭 닮은 모양의 우유 거품을 호로록 마셨기 때문일 수도, 그도 아니면 유자 맛이 나는 별 모양 버터쿠키가 너무 맛있기 때문일 수도 있었다.

"다섯 번."

"네?"

"방금 전 죄송하다는 말을 한 횟수예요."

"아, 죄, 죄송합…… 또 했네요. 말버릇이에요."

할머니가 그녀를 안쓰럽게 바라보았다.

"어떻게 하면 지금 이 순간을 살고 싶을까요?"

그녀는 어서 죽어서 편해지고 싶었다. 그런데 어떻게 이 순간을 살고 싶냐니……. 그녀가 대답을 망설이자 할머니가 말을 이었다.

"돈이 많아지면 어때요? 만약에 로또에 당첨된다면, 행복하게 살고 싶어질 거 아니에요."

"아 그게, 죄송하지만 요즘엔 그렇지도 않아요. 세금이 워낙 많기도 하고요……."

"연달아 로또에 당첨되면 되잖아."

"이런 말씀 드리면 제가 너무 비관적이라고 생각하실 것 같은데…… 제가 뉴스에서 봤는데요, 그렇게 돈이 많은 거 알면 이상한 사람들이 사기를 치려고 든다고…… 심지어 돈 찾을 때 농협 직원마저도 적금을 강요한다더라고요. 죄송하지만 저는 그런 데 걸려서 다 잃을 것 같아요."

그녀는 무척 진지한 표정으로 말했지만 할머니는 듣자마자 푸핫 소리를 내며 웃음을 터뜨렸다. 그녀는 놀라 어깨를 움찔했다.

"죄, 죄송해요. 혹시 제가 뭔가 실례되는 말을 했을까요?"

"아니에요, 그렇지 않아요. 비유가 너무 현실적이라서 나도 모르게 그만 웃었네. 아무튼 로또는 안 된다. 그럼 뭐가 또 있을까?"

할머니는 혼잣말을 하면서 주방으로 향했다. 느긋한 움직임과 달리 재빠른 손놀림으로 갈색의 크레마가 뜬 아메리카노 두 잔과 치즈케이크 한 조각을 준비해 돌아왔다.

"아메리카노를 입에 머금고 치즈케이크 한 입! 내 추천이에요."

"죄송하지만 라테랑 쿠키로 배가 부른데……."

"치즈케이크 한 입 정도의 여유는 있어요."

할머니의 말을 듣고 나니 정말 그런 여유가 있는 것 같았다. 그녀는 권유받은 방식대로 입에 아메리카노를 머금은 채 치즈케이크를 작은 조각으로 잘라 입에 넣었다. 치즈케이크가 아이스크림처럼 입안에서 사르륵 녹았다.

"맛있어……."

그녀는 황홀한 표정을 지으며 혼잣말을 했다가 퍼뜩 정신을 차리고 창피해졌다.

"제가 대체 무슨 짓을! 너무 죄송해요. 이만 가볼게요. 저

혹시, 폐가 안 된다면 아까 말씀드린 대로 의자를 좀 빌려가도 괜찮을까요?"

할머니는 그녀의 말에 안타까운 표정을 지었지만 곧 한쪽 벽에 세워진 접이식 철제 의자를 가리켜 보였다.

"가져가세요."

그녀는 고개를 꾸벅 숙여 보인 후 의자를 손에 들었다. 문으로 나가기 위해 몸을 돌렸다가 문 주변 벽을 보고 흠칫 놀랐다. 벽면 가득한 시계들이 모두 그녀를 노려보는 것 같았다. 그녀는 시계를 애써 무시한 채 의자를 들고 은달 카페를 나섰다.

돌아가는 길은 꽤 힘들었다. 의자가 생각보다 무거운 탓일 수도 있었다. 그녀는 중간에 한 번 쉬었다. 의자를 펴고 앉아 휴대폰의 시간을 확인했다. 화면은 아직도 23시 52분을 가리키고 있었다. 고장이 난 모양이었다.

하긴, 상관없지. 그래봤자 죽을 건데.

그녀는 자조적인 웃음을 지었다. 다시 휴대폰을 주머니에 넣은 후 가던 길을 마저 갔다.

목적지에 도착했다. 나뭇가지엔 여전히 밧줄이 묶여 있었다. 그녀는 의자를 제 위치에 놓았다. 밟고 올라가 올가미에 목을 걸었다. 심호흡을 크게 한 후 의자를 발로 찼다. 이제 편해질 수 있어.

2

정말 편하네…….

그녀는 죽지 않았다. 올가미에 목을 건 상태인데도 평안했다. 그네라도 타듯 공중에 떠서 가볍게 몸을 앞뒤로 흔들 수 있을 정도였다. 이런 상황이 되자, 그녀는 마음에 걸리는 게 있었다. 그녀는 바지주머니에 넣은 휴대폰을 꺼내 현재 시각을 확인했다. 여전히 휴대폰은 23시 52분을 가리키고 있었다. 아까는 고장이 났다고 생각했지만 이제는 다른 생각이 들었다.

혹시, 시간이 멈춘 건 아닐까.

그녀는 가슴에 손을 갖다 댔다. 심장박동을 느낄 수 없었다. 그녀는 조심스레 올가미에서 목을 뺐다. 천천히 바닥에 툭, 소리가 나게 착지했다.

어떻게 하면 좋지?

의자로 시선을 옮겼다.

일단 의자를 돌려드리러 갈까?

그녀는 잠시 생각하다가 그게 옳을 것 같다는 결론을 내렸다.

올 때엔 중간에 의자에서 한 번 앉아야 할 정도로 힘들었는데, 은달 카페로 돌아갈 땐 달랐다. 그녀는 가볍게 걸어 단번에 카페에 도착했다. 이번엔 정식으로 문을 똑똑 두드려 노크했다. 바로 문이 열리며 할머니가 그녀를 맞았다.

"실패했죠?"

할머니는 모든 것을 눈치챈 것 같았다. 생각해보니 이상한 사람이었다. 이런 시각, 이런 장소에서 카페를 열고 있다는 사실도, 이 카페 위에 하필 거대한 은빛 보름달이 떠 있다는 사실도 묘했다.

이 할머니는 뭐지?

"나는 그냥 할머니예요."

할머니가 그녀의 마음을 읽기라도 한 듯 말했다.

"하늘에 은빛 보름달이 뜨면 카페 문을 여는 할머니. 누군가 은달 카페의 문을 두드리면 반갑게 맞이하고, 함께 커피나 홍차를 마시고 디저트를 맛보며 소소한 대화를 하는 게 행복인 할머니죠. 안 그래도 홍차를 마실까 하던 중이었어요. 방금 전 애프터눈 티 세트를 완성했거든. 함께할래요?"

할머니는 신이 나서 먼저 카페에 들어섰다. 그녀는 할머니를 뒤따랐다. 이번에도 문을 통과할 때, 일렁이는 느낌과 함께 온몸을 감싸는 따듯함을 느꼈다. 그녀는 철제 의자를 제자리에 놓으며 자꾸 코를 벌렁거렸다. 카페 안에는 고소한 냄새가 가득했다.

"준비 끝났어요. 어서 와서 앉아요."

아주 잠깐의 시간이 지난 것 같은데 테이블 위에 홍차와 함께 3단짜리 애프터눈 티 세트가 차려져 있었다. 그녀는 디저트의 이름을 잘 모른다. 애프터눈 티 세트에서도 그녀가 아는 이름은 몇 안 됐다. 맨 위의 3단 접시에는 푸딩과 초콜릿, 2단 접시에 있는 건…… 스콘과 잼인가? 무슨 맛일까? 마지막 제일 아래 1단에는 오이 샌드위치와 초코소라빵이다! 초코소라빵, 어렸을 때 정말 좋아했는데!

"초코소라빵은 특별히 준비했어요."

할머니가 그녀의 마음을 읽은 듯 말하며 티포트를 한 손에 들었다. 금색 테두리에서 푸른 꽃이 피어나는 듯한 느낌의 티포트였다. 할머니는 마찬가지 금색 테두리로 장식된 흰

색 잔을 그녀와 자신의 앞에 내놓았다. 티포트의 홍차를 따를 때마다, 찻잔 바닥의 푸른 꽃이 피어오르는 듯한 착각이 들 만큼, 홍차의 향기는 달콤한 꽃냄새를 풍겼다.

"자, 들어봐요."

그녀는 할머니의 말에 고개를 살짝 숙여 보인 후 홍차를 한 모금 맛봤다. 은은한 꽃향기가 몸 안 가득 퍼졌다.

"우리가 있는 지금은 찰나예요. 시간과 시간 사이죠. 그러니 더더욱 이 순간을 즐겁게 살아야겠죠."

할머니의 말은 갑작스러웠다. 하지만 그녀는 할머니의 말을 단번에 이해할 수 있었다. 꽃향기와 함께 온몸으로 밀려드는 나른한 평화가 마음의 긴장을 풀어주었다. 이 세상에 단 한 명, 진심으로 마음을 열어도 될 사람이 있다면 눈앞의 사람이리라는 확신이 들었다. 아마 그래서 그녀는 마음속 깊이 품은 생각을 소리 내 말했으리라.

"어서 시간이 흐르면 좋겠네요. 그래야 하던 일을 마저 할 수 있거든요……."

할머니의 표정이 급격히 어두워졌다. 갑자기 추워졌다. 하아, 입김을 불자 보일 정도였다. 그녀는 자신이 한 말 탓에 이런 일이 일어난 것 같았다. 아무리 마음이 편해도 이런 말을 해서는 안 됐다. 그녀는 할머니의 눈치를 보며 덧붙였다.

"하, 하지만 편해지는 것에도 여러 방법이 있을지도 모르죠."

할머니의 표정이 환해지자 주변이 밝아졌다. 온기가 돌아왔다.

"장소를 바꿔볼까요."

할머니는 테이블 위의 것들을 쟁반 위에 정리해 주방으로 돌아갔다. 홍차와 애프터눈 티 세트를 각기 보온병과 보관용기로 옮긴 후, 찬장에서 피크닉 가방을 꺼냈다. 오래 써서 윤이 나는 라탄으로 된 피크닉 가방이었다.

"시간과 시간 사이, 멈춘 세상을 만나러 나가요."

3

그녀는 고개를 푹 숙인 채 할머니의 뒤를 따랐다. 애프터 눈 티 세트를 먹을 때엔 마음이 편했지만 어두운 길을 걷자 니 다시 죄책감이 들었다.

시간이 멈춘 건 내가 죽으려 한 탓이야. 할머니께 민폐를 끼쳤어.

할머니는 그녀의 탓도, 폐가 됐다는 말도 하지 않았다. 하 지만 그녀의 머릿속엔 안 좋은 생각만 맴돌았다.

내가 잘못해서 이런 이상한 일이 일어난 거니까, 역시 내 가 죽는 게 나을 것 같아…….

"어디 가요?"

할머니의 목소리에 거리감이 있었다. 그녀는 자기 생각에 빠져 걷다가 놀라 고개를 들었다. 주변이 지나치게 어두웠다. 할머니가 말하는 시간과 시간 사이라 그런 건지, 아니면 불 빛마저 없는 깊은 숲속이라 그런 건지 알 수 없었다. 그녀는 할머니를 찾아 주변을 두리번거렸다.

"그쪽 아니고, 이쪽이에요."

조금 멀리 떨어진 곳에서 할머니가 손을 흔들고 있었다. 그녀는 허둥지둥 할머니에게 향했다. 한 걸음, 두 걸음, 다가 갈수록 반딧불이의 불빛처럼 주변이 은은하게 밝아지는 것 같은 기분이 들었다.

"우리는 이쪽으로 갈 거예요."

기분 탓이 아니었다. 할머니가 가리키는 방향에 은빛으로 발하는 뭔가가 있었다.

"저쪽에 길이 있을까요?"

"나만 믿어요. 길이 있어요."

"죄송하지만 아는 길로 가는 게 낫지 않을까요?"

"가끔 새로운 길을 찾는 것도 좋아요."

할머니가 그녀에게 손을 내밀었다. 그녀는 망설이다가 할머니의 손을 맞잡았다. 할머니의 손은 은달 카페의 공기처럼 따듯했다. 그녀의 불안감이 훨씬 나아졌다.

얼마 안 가 그녀는 은빛의 정체를 확인할 수 있었다.

일 년에 단 한 번, 평평시에서 볼 수 있는 진풍경이 눈앞에서 펼쳐지고 있었다. 봄밤, 벚꽃비가 내린다. 배나무에 한 잎,

두 잎, 닿는다. 배나무는 그에 화답하듯 꽃봉오리를 피운다. 이제 막 피어오르는 배꽃은 밤하늘의 보름달과 더불어 은빛 진풍경을 펼친다.

아름답다…….

두 종류의 꽃나무가 동시에 피는 모습을 보는 것은 이번이 처음이었다. 이것 역시 시간과 시간이 멈춘 덕에 가능한 기적일까.

"이 순간만 느낄 수 있는 찰나의 아름다움이에요."

할머니는 또 한 번, 그녀의 마음을 읽었다.

"더 많은 것들을 보러 가요."

그녀는 수줍게 미소를 지으며 고개를 끄덕였다.

할머니가 먼저 배나무 밑으로 향했다. 살짝 몸이 굽었기에 배나무 밑을 쉽게 지날 수 있었다. 그녀는 할머니보다 10센티미터 넘게 키가 컸기에 몸을 잔뜩 낮춰야 했다. 할머니는 배나무밭을 지나는 동안, 단 한 번도 그녀의 손을 놓지 않았다. 그녀 역시 절대 놓치고 싶지 않았다. 할머니의 손을 놓는 순간 이 모든 기적이 사라질 것만 같았다.

배나무밭을 가로지르자 또 다른 짐승길이 나타났다. 많은 사람들이 오간 듯 꽤 다져진 흙길이었다. 쭉 따라가니 낯익은 공원이 나왔다. 그녀가 출근할 때마다 지나는 장소였다.

"이제 손을 놓고 걸어도 되겠지요?"

"아, 네. 네. 죄송해요."

그녀가 허둥지둥 손을 놓았다.

"일일이 안 죄송해도 돼요."

"하지만 왠지 죄송해서…… 앗, 죄송해요. 아니 또 죄송하다고 했네."

할머니가 다시 앞서 걸었다. 할머니는 그녀보다 몸이 굽고 작은데도 걸음이 빨랐다. 그녀는 그런 할머니를 따라잡는 게 힘들어 자꾸 헉헉거렸다.

공원을 벗어났다. 대로변이 나타났다. 늦은 밤이라 거리에 차가 얼마 없었다. 거리의 차들이 그림처럼 멈춘 광경은 방금 전 본 벚꽃과 배꽃의 만남과는 또 다른 임팩트가 있었다. 액션영화의 한 장면에 들어온 듯한 느낌이랄까. 그녀는 신기한 마음에 차 안을 흘깃거리며 할머니의 뒤를 따랐다.

"이쯤에 있을 텐데……. 아, 저기 있다!"

할머니가 버스정류장 근처에 놓여 있던 자전거를 발견했다.

"이 친구가 도우미가 되어줄 거예요."

"저, 남의 물건 같은데 허락 없이 써도 될까요?"

"자물쇠가 없잖아요. 버린 자전거예요."

"그런가……."

"아무튼 타봐요."

"제가 잘 탈 수 있을지."

처음 평평시에 왔을 때엔 그녀도 자전거를 꽤 많이 탔다. 자전거를 타면 직장까지 15분 거리였다. 하지만 얼마 안 가 버스로 바꿨다. 매일 자전거를 타는 건 은근히 번거로웠다. 그렇게 어영부영 안 타다 보니 어느새 2년 가까이 한 번도 자전거를 탄 적이 없었다.

"한 번 해봐요. 실패해도 우리밖에 모르잖아요?"

우리밖에 모른다……. 그녀는 할머니의 말에 용기를 내보 기로 했다.

"그, 그럼 한 번 타볼게요. 제가 너무 못 탄다고 실망하지 마시고요."

그녀가 자전거 안장에 올라타자마자, 할머니가 피크닉 가 방을 든 채 뒷자리에 앉았다.

"할머니, 안 돼요! 연습, 연습한 후에 타세요!"

"괜찮아요."

"안 괜찮아요! 제가 서툴러서 다치시면 어떡해요!"

"안 다쳐요, 괜찮아."

할머니는 웃으며 그녀를 달랬지만 그녀는 가슴이 벌렁거렸다. 할머니가 자신의 뒤에 탔다는 사실만으로 실패에 대한 두려움이 훨씬 커졌다. 그녀는 덜덜 떨며 페달에 발을 올렸다. 두 발을 모두 떼자마자 자전거가 휘청거렸다. 긴장한 나머지 살짝 균형을 잃은 탓이었다. 그녀는 다시 실수를 해서 할머니를 떨어뜨릴 것 같은 기분에 사로잡혔다.

"괜찮아요. 몸이 기억하고 있을 거야."

할머니가 그런 그녀에게 다정한 목소리로 속삭여줬다. 이 말에 조금 편안한 기분이 든다 싶더니 정말 몸이 자전거 타는 법을 기억해냈다. 더는 자전거가 흔들리지 않았다. 그녀는 자전거 페달이 내는 규칙적인 소음에 익숙함을 되찾았다.

"이제 차도로 가보죠."

"하, 하지만 무서운데요. 부딪칠 것 같아요."

"차도 없는걸. 다 멈췄고."

할머니가 웃었다.

"자전거 타는 것도 금방 괜찮아졌잖아요. 분명 차도도 괜찮아질 거예요."

할머니의 말을 듣자 또 한 번, 정말 괜찮아질 것 같다는 기분이 들었다. 그녀는 차도로 향했다. 할머니 말처럼 무섭지 않았다. 차가 얼마 없는데다 모두 멈춰 있었기에 그녀만 조심하면 부딪칠 일이 없었다. 얼마 안 가 신호등이 나왔다. 빨간불이었다. 그녀는 무심코 멈추려고 했으나 할머니가 그녀의 등을 툭 팔꿈치로 치자 얼결에 발을 굴려버렸다. 하지만 얼마 안 가 나타난 내리막길엔 본능적으로 브레이크를 걸었다. 양발로 땅을 밟아 자전거를 멈췄다.

"하, 할머니. 우리 이제부터는 걸어서 가죠."

"왜죠?"

"내리막길이에요. 전 못해요."

"또, 또, 그런다."

할머니는 양손으로 그녀를 꼭 끌어안더니 등을 떠밀었다. 그녀는 비명을 지르며 자전거를 타고 내리막길을 달렸다. 그녀는 눈조차 제대로 못 뜰 정도로 겁을 먹었지만 정말 눈을 감을 수는 없었다. 자전거가 넘어져 할머니가 다치면 어떻게 하나. 그녀는 할머니에게 폐를 끼치는 게 넘어지는 것보다 두려웠다. 눈 깜빡이는 것조차 잊을 정도로 내리막길에 집중했다. 눈앞에 보이는 커다란 은빛 보름달이 그녀에게 힘을 주었다. 거대한 은달은 혹여 그녀가 그대로 넘어지더라도 쿠션이 되어줄 거라고 장담하듯, 따뜻한 빛을 뿜으며 그녀의 앞을 지키고 있었다. 그녀는 은달의 목소리가 들린 것도 같았다. 넘어져도 괜찮아. 내가 받아줄게. 아프지 않을 거야.

무사히 내리막길을 지난 후로는 한참 평지가 이어졌다. 그녀의 출근길이기도 했다. 그녀는 이대로 쭉 달리고 싶었다. 마음처럼 할 수 없었다. 할머니는 얼마 안 가 나타난 또 다른 공원 앞에서 자전거를 세우게 했다.

"이 공원으로 들어가요."

"저, 죄송한데 여긴 자전거 금지 구역이라서……."

"다 멈췄는데 뭐 어때요? 가요, 가."

여긴 지나치고 싶은데…….

그녀는 떨떠름한 표정으로 자전거를 탄 채 공원에 들어갔다.

4

공원 중앙에는 거대한 저수지가 있었다. 할머니와 그녀는 저수지가 잘 보이는 곳에 자전거를 멈췄다. 할머니가 돗자리를 폈다. 피크닉 가방을 열어 가져온 것들을 늘어놓았다. 그러는 사이, 그녀는 여전히 자전거 손잡이를 붙잡고 서 있었다. 그녀의 온 신경은 등 뒤, 야트막한 구릉의 3층짜리 건물에 쏠려 있었다.

"어서 앉아요. 티 파티를 계속해야죠."

"아, 네."

그녀는 말로만 대답하고 자전거에서 떨어지지 못했다.

"왜 그래요?"

"아, 혹시 누가 절 알아볼까 봐……."

"괜찮아요. 늦은 밤이잖아. 그리고 우리 외엔 아무도 움직이지 않아요."

"아, 네. 그, 그렇죠."

그녀는 영 내키지 않는 걸음으로 할머니에게 다가왔다. 그녀가 돗자리 위에 앉자, 할머니가 보온병에 담아온 홍차를 건넸다. 홍차는 여전히 따듯했다. 애프터눈 티 세트 역시 맛있었다. 하지만 그녀는 은달 카페에서만큼 맛을 음미할 수 없었다. 자꾸 누가 그녀를 알아볼 것 같았다. 예를 들어, 전 직장 동료라던가……. 그녀의 시선이 다시 구릉 위 건물로 향했다.

그녀는 어렸을 때부터 책을 좋아했다. 특히 좋아하는 건 낡은 책이다. 책도 나이가 든다. 시간이 흐르면 책의 낱장이 노랗게 변하며 특유의 냄새를 풍긴다. 어린 시절, 그녀의 부모는 둘 다 일을 했다. 그녀는 자주 밤늦게까지 혼자 있었다. 거실에는 벽면 가득 오래된 책이 가득한 책장이 있었다. 부모가 어린 시절부터 모아온 책들이었다. 집에 홀로 있을 때면, 그녀는 부모에 대한 그리움을 책으로 달랬다. 매일 낡은 책을 읽다가 서서히 잠이 들면, 부모와 함께 있는 꿈을 꿨다. 그러다 잠이 깨면, 정말 부모가 곁에 있었다. 그래서 그녀는 사서가 되기로 마음먹었다. 책 안에는 꿈이 있다. 가족이 있다. 행복이 있다. 그런 책과 늘 함께 있고 싶었다.

사서 일은 예상만큼 쉽지 않았다. 일자리를 구하는 것부터 어려웠다. 나고 자란 서울에서는 도통 자리가 나지 않았다. 지방이면 좀 사정이 다르지 않을까 싶어 이래저래 알아보다가 가까스로 평평시에서 취업에 성공했다. 계약직이지만 무척 기뻤다.

처음 이 도시에 왔을 때, 그녀는 자주 서울에 올라갔다. 가족과 만나고 친구들을 보기 위해서였다. 서울에 갈 때마다 그녀는 곧 정규직이 될 거라고 자신만만했다. 이제는 서울에 가지 않는다. 그녀는 아직도 계약직…… 아니지, 석 달 전부터 백수가 됐다. 계약기간이 만료되어 도서관에서 잘렸다. 그 도서관이 바로 등 뒤 구릉에 있었다.

그녀는 직장을 그만둔 후 단 한 번도 이 공원을 찾지 않았다. 만에 하나 도서관 직원들을 만날까 두려웠다. 그녀를 보면 힐난할 것 같았다. 그 탓에 그만두기 직전에 빌린 책 일곱 권이 모두 연체되었다.

"우리, 저 건물에 가보죠."

그녀는 할머니의 말에 정신을 차렸다. 할머니는 하필 도서관 건물을 가리키며 말하고 있었다.

"저 건물 옥상에서 이 저수지를 내려다보며 티 파티를 하면 정말 멋질 것 같아."

"무섭지 않을까요. 너무 어둡고…… 잠깐만, 할머니!"

할머니는 그녀의 말을 기다리지 않았다. 재빠르게 짐을 싼 후, 낯익은 노랫가락을 흥얼거리며 도서관으로 향했다.

"자, 잠깐만요. 문이 닫혔을 거예요. 못 열 거예요."

그녀는 허둥지둥 자전거를 끌고 할머니의 뒤를 따르며 말했다.

"방법이 있겠죠."

할머니는 가볍게 그녀의 의견을 무시하고 도서관 정문으로 향했다. 정문을 양손으로 잡고 열려고 했으나 예상대로 열리지 않았다. 그녀는 안심했다. 이제 할머니가 포기하겠지 싶었는데, 그녀를 보며 생긋 웃으며 말했다.

"무언가 방법이 있지 않을까요?"

……또 이 표정이다. 마치 그녀의 마음을 읽는 듯한.

사실 그녀는 도어락 비밀번호를 알고 있었다. 예전에 몇 번 가장 먼저 와서 문을 연 적이 있었기 때문이다. 하지만 할머니가 그 사실을 어떻게 알겠는가? 뭣보다 그녀가 일을 그만둔 후 비밀번호가 바뀌었으리라.

"세상엔 바뀌지 않는 것도 있지 않을까요?"

……또 읽혔다.

그녀는 도어락으로 손을 뻗었다. 왠지 떨렸다. 비밀번호가 바뀌었는가, 바뀌지 않았는가에 따라 자신의 안에서 무언가 변할 듯 불길했다. 그렇게 손가락을 갖다 댔다가 깨달았다.

"아, 시간이 멈췄으니 도어락도 작동을 안 하는군요?"

왠지 긴장이 탁 풀렸다.

"그렇지요?"

할머니는 싱글벙글 웃으며 말했다. 이것 역시 예상한 일이었을까? 그렇다면 왜 내게 도어락 비밀번호를 누르게 했을까? 긴장을 풀게 하려고?

"자, 그럼 힘으로 밀어서 열어볼까요?"

할머니가 먼저 유리문에 손을 갖다 댔다. 그녀는 할머니를 따라 유리문을 밀어보았다. 유리문을 밀며, 이게 열릴 리 없다고 생각했지만 아무렇지 않게 유리문이 쉽게 열렸다. 어떻게 이럴 수 있을까? 의아해하는데 할머니가 또 한 번 말했다.

"인생에는 가끔 이렇듯 쉽게 열리는 문도 있어야겠지요?"

할머니는 또 한 번, 묘한 말을 한 후 도서관 안에 들어갔다. 그녀는 불이 모두 꺼진 한밤중의 도서관이 왠지 으스스했지만, 할머니는 아무렇지도 않아 보였다. 가볍게 좌우를 돌아보더니 한쪽으로 길게 늘어선 계단으로 향했다. 콧노래를 흥얼거리며 한 번에 두 계단, 세 계단씩 춤추듯 오르더니 2층에 도착해서 말했다.

"우리, 도서관 안에서 티 파티를 하죠!"

"자, 잠깐만요! 음식물 반입 금지예요!"

그녀는 서둘러 할머니를 따라 계단을 올랐다.

"도서관에서는 음식을 먹으면 안 된다고요!"

"괜찮아요. 우리는 지금 모든 법칙이 유예되는 시간에 있으니까요."

"하, 하지만 그래도……."

그녀가 쩔쩔매는 사이 할머니는 2층 유리문에 손을 댔다. 다시 한번 아주 쉽게 유리문이 열렸다.

"어디에 돗자리를 펴면 좋을까요?"

할머니는 바로 2층 열람실에 들어가 주변을 두리번거렸다. 그녀는 할머니의 질문에 대답할 수 없었다. 할머니가 다시 한번 마법처럼 유리문을 열어 놀란 탓이 아니었다. 할머니가 돗자리를 펴자고 한 곳이 하필 3층도, 옥상정원도 아닌 2층 열람실인 탓이었다.

이곳 열람실 대출대가 그녀가 일하던 곳이었다. 다시 긴장과 불안이 몰아닥쳤다. 시간이 멈췄는데도, 아무도 없는데도, 누군가 그녀를 알아볼 것 같았다. 왜 이런 곳에 왔냐고, 허락도 없이 음식을 반입하다니 무슨 짓이냐고 화를 낼 것만 같았다. 일할 때도 늘 그랬다. 이상하게 자꾸 눈치를 보고 주눅이 들었다. 시간이 모두 멈춘 순간에도 그 버릇은 변함이 없었다.

"저는 못 들어가겠어요. 죄송해요."

"정말 안 들어올 거예요? 차 안 마셔?"

"죄송해요. 용기가 안 나요. 이건 아닌 것 같아요."

그녀의 말에 할머니의 얼굴이 또 한 번 급격히 어두워졌다. 싸늘한 공기가 그녀를 향해 몰아닥치는 것만 같았다.

"그만 돌아가죠."

할머니는 한숨을 길게 내쉬더니 터덜터덜 걸어서 열람실을 나왔다. 내려갈 때에도 할머니는 아까와 다른 사람 같았다. 올라갈 때처럼 성큼성큼 뛰지 못했다. 한 계단 내려가고 한숨을 쉬고 두 계단 내려가고 또 한숨, 세 계단 내려간 후에는 "에구구, 허리야" 하고 주저앉아 쉰 후에야 일어나 계단을 마저 내려갈 수 있었다.

돌아가는 길 역시 마찬가지였다. 할머니는 그녀의 허리춤을 양손으로 꼭 잡은 채 아무 말도 하지 않았다. 그녀 역시 아무 말도 할 수 없었다. 그녀의 허리에 닿은 할머니의 손이 너무 차가웠다. 봄날의 밤과 전혀 어울리지 않는 손의 냉기가 그녀의 마음마저 가라앉게 만들었다.

5

"일어나요, 아침이야!"

그녀는 할머니의 목소리에 잠에서 깼다. 기지개를 펴면서 2층 창밖 풍경부터 확인했다. 어제와 달라진 건 없었다. 여전히 창밖은 컴컴했다. 커다란 은빛 보름달만이 밝게 빛나고 있을 뿐이었다.

시간이 멈춘 후, 그녀는 은달 카페에서 할머니와 함께 지냈다. 처음에는 집에 돌아갈 셈이었지만, 할머니가 단호하게 2층 다락방에서 머물라고 했다. 2층에는 침대가 하나밖에 없었다. 할머니의 공간 같았다. 그런데 이곳에서 머물라고 하다니…… 그녀는 의아한 마음에 할머니는 어디서 주무시냐고 물었다. 대답은 돌아오지 않았다. 할머니는 묘한 미소를 지을 뿐이었다. 아직도 그녀는 할머니가 언제 어디서 잠을 청하는지 알지 못했다.

그녀는 잠자리를 정리한 후 잠옷을 벗고 티셔츠에 청바지로 갈아입었다. 할머니가 그녀를 위해 준비한 꽃무늬 슬리퍼를 신고 나무로 된 계단을 내려갔다. 삐걱 나무 계단이 낯익은 소리를 냈다. 처음엔 계단을 오르내릴 때마다 소리가 신경 쓰였지만 익숙해지자 아무렇지도 않았다.

"잘 잤어요?"

"안녕히 주무셨어요."

그녀는 평소처럼 몸을 직각에 가깝게 숙여 인사를 했다.

"저는 매우 잘 잤어요. 오븐 좀 봐줄래요?"

그녀는 고양이처럼 살금살금 걸어 오븐에 다가갔다. 할머니와 함께 살게 된 후 생긴 버릇이었다. 할머니가 뭐라 하지 않았는데도 왠지 폐가 될까 염려스러워 동작이 조심스러워졌다.

"모락모락 익고 있어요."

그녀는 빵 굽는 냄새를 느끼며 살짝 웃었다. 할머니와 함께 산 후, 빵을 구울 때마다 그녀는 아주 조금씩 행복해졌다.

오븐의 빵을 보고 나면 다음으로 할 일은 날짜 체크다. 그녀는 움직이는 벽시계의 시간을 체크했다. 자기 전, 그녀는 11시 23분을 가리키는 뻐꾸기시계를 확인했다. 일어나보니 뻐꾸기시계는 6시 58분을 가리키고 있었다. 그렇다는 말은,

다시 하루가 지났다는 말이다. 그녀는 주방 카운터 위에 놓인 아무 날짜도 적히지 않은 달력에 어제에 이어 오늘의 날짜를 적어넣었다.

23

벌써 23일째 이런 생활을 하고 있다. 앞으로도 시간이 흐를 것 같은 징조는 없다. 날짜를 확인하고 나자 다시 우울해졌다. 자신의 잘못된 선택 탓에 시간이 멈췄다는 자책감이 몰려왔다.

안 돼, 딴생각. 딴생각.

그녀는 애써 밝은 표정을 지으며 말했다.

"오늘은 제가 커피를 내릴게요."

"좋은 생각이에요."

할머니가 기쁜 얼굴을 띠었다. 할머니는 그녀가 뭔가 하겠다고 하면 늘 좋아했다.

"저는 라테를 먹고 싶어요."

"제가 잘할 수 있을지 모르겠어요."

그녀는 긴장한 표정으로 에스프레소 머신 앞에 섰다. 심호흡을 크게 한 후 조금은 익숙해진 손길로 에스프레소를 내리고 우유를 데워 카페라테를 한 잔 만들었다. 이러는 사이에 오븐의 타이머가 울렸다. 빵이 다 구워졌다는 뜻이었다.

"빵을 꺼내주겠어요?"

"네!"

그녀가 오븐으로 다가갔다. 오븐을 열자 낯익은 빵이 모습을 드러냈다.

"아, 또 소금빵이구나……."

그녀가 작은 목소리로 중얼거렸다.

"왜요, 싫어요?"

"그, 그렇지 않아요. 소금빵 좋아해요. 맛있어요."

그녀는 어색하게 웃으며 말했지만 사실 조금 질려가고 있었다. 할머니는 매일 아침 샐러드와 소금빵을 먹었다. 크림치즈나 대파, 쪽파, 파프리카며 각종 재료로 변화를 주긴 하지만 소금빵 만큼은 포기하지 않았다.

오늘 아침은 카페라테와 소금빵, 그리고 방울토마토를 곁들인 새싹 샐러드. 이제 좀 지겹다고 생각했지만 막상 먹으

니 다시 행복해졌다. 서투른 솜씨로 내린 카페라테와 소금빵
이 잘 어울렸다.

"오늘은 어떻게 하루를 지낼 셈이에요?"

"다시 도서관에 가볼까 하고요."

"어제도 갔잖아요."

"예, 뭐."

"정말 책을 많이 읽는군요. 그러고도 시간이 남으면 어떻
게 할래요?"

"글쎄요. 아직은 잘 모르겠어요."

그녀는 작은 목소리로 대구한 후 음식에 집중했다. 도서관
에 간다는 건 거짓말이었다. 그녀는 은달 카페를 나서면 늘
자신의 집으로 향했다. 불 꺼진 방에 앉아 우울한 생각만 반
복했다. 생각의 끝은 대부분 죽음에 대한 강한 열망이었다.
그녀는 칼로 손목이나 팔에 생채기를 내보기도 했고, 다시
목을 매보기도 했다. 높은 건물 옥상에서 뛰어내려 보기도
했지만 소용없었다. 칼로 몸을 그으면 칼날이 부러졌고, 목
을 매면 줄이 갑자기 끊어지거나 계속 매달려 있기만 했고,
뛰어내리면 몸이 풍선처럼 천천히 바닥에 내려앉았다. 오늘,

그녀는 팔팔 끓는 물에 몸을 담글 생각이었다. 지독히 뜨겁고 아프겠지만 충격으로 쇼크사할 수 있지 않을까 싶었다.

"끓는 물에 몸을 담가도 죽지 않아요. 미지근해져서 몸 담그기에 가장 좋은 물이 될 테니까요."

할머니의 말에 그녀는 속으로 흠칫 놀랐지만, 이 또한 어느 정도 예상한 일이었다. 지금껏 할머니는 몇 번이고 그녀의 속마음을 읽었다.

"내가 도움이 전혀 안 되고 있는 걸까요."

할머니가 한숨을 내쉬었다. 언제나 그렇듯, 할머니가 우울하면 은달 카페마저 어두워진다. 주변이 추워진다. 그녀는 급히 허둥지둥 그런 할머니에게 손을 내저어 보였다.

"아, 아니에요, 할머니! 그렇지 않아요! 정말 큰 도움이 되고 있어요. 저는 은달 카페에서 지내는 나날이 너무 즐거워요!"

"진심이군요!"

할머니는 눈을 초롱초롱 빛냈다. 다시 주변이 환해졌다.

"늘 그랬으면 좋겠어요!"

할머니가 테이블 너머에서 갑자기 그녀에게 얼굴을 쑥 내밀었다. 그녀는 자신과 얼굴이 닿을 듯 가까워진 할머니에게 부담을 느껴 뒤로 몸을 빼다가 그만, 접시를 손날로 쳤다. 접시가 바닥에 떨어지면서 산산조각 났다.

"하트 여왕이 선물로 준 접시가!"

할머니가 벌떡 일어나 소리 질렀다.

"여왕님이 주신 접시라고요? 죄송해요!"

"어머나, 주책맞은 소리를. 괜찮아요. 신경 쓰지 마요."

할머니는 그렇게 말하면서도 속이 무척 상한 듯 얼굴이 애매하게 일그러져 있었다. 그녀는 다시 주변이 어두워질까 걱정했지만 그 정도는 아닌 듯, 아직 은달 카페 안은 여전히 따듯함으로 가득 차 있었다.

할머니가 깨진 접시 조각을 치우기 시작했다. 그녀도 그런 할머니를 도와 급히 손을 놀렸다. 그녀는 깨진 조각을 치우면서도 할머니의 눈치를 봤다. 이 일로 할머니가 자신에게 화를 낼 것 같았다. 이 집에서 쫓아내면 어쩌나 두려웠다. 생각의 끝은 역시 자신은 이 세상에 필요가 없는 사람인 것 같다는 기분, 죽고 싶다는 기분이었다.

"그렇지 않아요. 나는 함께 있어줘서 정말 고맙다고 생각하고 있어요."

"아, 아니 그게. 죄송해요. 이런 생각한 것도 너무 죄송해요. 그런데 자꾸만 그런 생각이 들어서."

그녀는 또 울먹였다. 이렇게 사소한 일로도 주눅이 들고 눈물이 나는 자신이 싫었다.

할머니가 무거운 한숨 소리를 냈다. 꽃무늬 치마의 주머니에서 레이스 손수건을 꺼내 그녀의 눈물을 닦아주며 말했다.

"울고 싶으면 울어도 돼요. 내가 도움이 안 되면 어쩔 수 없는 거지, 뭐. 아아, 그런가 보다 하고 우리 그냥 흘려보내요. 그렇게 그냥 천천히 이렇게 시간을 보내봐요."

그녀가 할머니와 시선을 마주쳤다. 오랜 세월, 그저 담담히 살아왔을 할머니의 삶을 담은 듯한 진갈색 눈을 보자니 마음속에 안도감이 가득 찼다. 할머니의 말을 들을 때마다 우울했던 마음에 따뜻한 기운이 흘러들어온다. 은달 카페의 포근함과 닮은 마음이다. 안도감은 서서히 다른 감정으로 변했다. 부러움이었다.

나는 왜 저렇게 할 수 없을까.

할머니는 그녀처럼 사소한 일에 전전긍긍하지 않았다. 기쁠 때엔 기쁘다고 솔직하게 표현하고, 그녀가 슬퍼하면 마음을 다해 위로한다. 난생 처음 본 그녀를 집에 받아주고 정성 들여 음식을 해준다. 그녀가 침울해 해도 결코 짜증내지 않는다. 그녀도 그런 사람이 되고 싶었다. 자신의 마음을 진실되게 표현할 줄 아는 그런 사람.

나도 할머니처럼 되고 싶어.

그녀가 마음속 깊이 생각하자마자 할머니가 놀란 표정이 됐다. 깨진 조각을 손에 든 채 꿈쩍도 안 하고 그녀를 가만히 바라보다가 빙긋 웃었다.

"……그런 방법이 있었네요!"

그러더니 신이 나서 움직이기 시작했다.

"커피 더 먹을래요? 소금빵은 어때요? 아냐, 이럴 땐 다른 빵이 좋겠어. 음, 그래! 그 빵! 아니 초콜릿! 초콜릿이 분명 어디 있었는데!"

할머니가 벌떡 일어나더니 콧노래를 흥얼거리며 주방으로 향했다. 싱크대 찬장에서 거대한 책을 꺼냈다. 빠르게 책장을 넘기다 한 페이지에 멈췄다. "흠, 좋아. 흠, 좋아 좋아." 한참 중얼거리더니 찬장을 차례로 열어 마트에서 팔 법한 판초콜릿 몇 개를 꺼내며 그녀에게 말했다.

"마트에서 생크림을 좀 사다 주세요. 전에 사는 법은 알려 줬죠?"

"아, 네. 그, 그럴게요."

할머니의 태도가 좀 이상해 보였지만 일단 시키는 대로 움직였다. 싱크대 구석에 금고가 있었다. 금고 안에서 생크림을 살 돈과 포스트잇을 챙겨 가장 가까운 편의점으로 향했다.

처음 할머니가 장보기를 시켰을 때, 그녀는 당황했다. 시간이 멈췄는데 어떻게 물건을 사라는 건가 싶어 머뭇거리는 그녀에게, 할머니는 포스트잇과 돈을 손에 쥐어주었다.

"포스트잇에 이렇게 적으세요. 아무도 없어서 여기 현금 두고 갑니다."

과연 이 방법을 쓰니 그녀는 편의점이나 각종 마트에 할머니와 함께 들를 때 죄책감을 느끼지 않을 수 있었다.

그녀가 은달 카페로 돌아왔다. 그 사이 할머니는 초콜릿을 중탕해 걸쭉하게 만들었다.

"수고했어요."

할머니가 그녀에게 생크림을 받았다. 눈대중으로 생크림

을 녹은 초콜릿에 조금씩 넣어 섞었다. 몇 번인가 나무 주걱을 들어 점도를 확인하더니 "음, 됐어"라고 만족스러운 미소를 지었다.

"세 시간 후 완성이에요. 그동안 2층에서 좋아하는 책이라도 읽고 있을래요?"

"아, 네."

그녀는 2층으로 올라가면서 주방을 흘낏거렸다. 할머니는 콧노래마저 흥얼거리며 아까의 큰 책을 다시 들여다보고 뭔가를 적어넣었다.

대체 저 책은 뭘까?

그녀는 처음 보는 책은 늘 궁금했다. 특히 남이 읽는 책은 더더욱 제목을 알고 싶었다.

그녀의 귀에 할머니의 혼잣말이 자꾸 들렸다.

"어쩔 수 없잖아."

"사람 하나 살리려면 이 정도 각오는 해야지, 안 그래?"

"그녀를 잘 부탁해."

그녀는 할머니의 혼잣말이 누군가와 나누는 대화처럼 들렸다. 몇 번이고 아래층을 엿봤지만 그곳엔 할머니뿐이었다.

"다 됐어요! 내려와요!"

어영부영 시간을 보내는 사이 초콜릿이 완성됐다.

그녀는 빠르게 계단을 내려왔다. 호기심 넘치는 표정으로 주방을 살펴봤지만 결과물은 보이지 않았다. 초콜릿은 어디에 있을까.

"자리에 앉아 있어요."

그녀는 훔쳐보기를 포기하고 하는 수 없이 테이블, 자신의 자리에 앉았다. 언젠가부터 그녀는 벽 쪽 의자에, 할머니는 주방 쪽 의자에 앉는 게 습관이 됐다.

할머니가 초콜릿을 가져왔다. 상당히 많은 양을 만드는 것 같았는데, 접시 위의 초콜릿은 단 한 조각뿐이었다. 손바닥에 쏙 들어갈 크기의 초콜릿은 하트 모양을 하고 있었다.

"이게 뭔가요?"

"하트 생초콜릿. 어서 먹어봐요."

"할머니도 드세요."

"먼저 먹어요."

할머니가 부드럽게 웃으며 그녀를 바라보았다. 그녀는 할머니의 말에 따라 초콜릿을 손에 들었다가 촉감에 놀랐다.

겉은 딱딱했는데 한 입 베어 물어보니 속이 말캉했다. 초콜릿은 입안에 들어가자마자 사르르 녹았다.

"너무 맛있어요!"

그녀가 흥분해서 소리쳤다. 그런데 대답이 돌아오지 않았다.

"할머니?"

할머니가 사라져버렸다. 어디로 간 걸까. 그녀는 할머니가 또 장난을 친다고 생각해 은달 카페 곳곳을 살폈다. 하지만 2층 어디에도, 화장실에도, 2층 창문 너머 지붕에도 할머니는 없었다. 집 주변에도 마찬가지였다.

그녀는 갑갑했다. 동시에 두려움이 몰려왔다. 할머니와 함께 있었기에 시간이 멈춘 것에 대한 불안감을 잊을 수 있었다. 그녀는 테이블에 앉아 한참을 끙끙대다가 텅 빈 접시로 시선이 향했다. 방금 전, 그녀는 초콜릿을 먹었다. 그러자 할머니가 사라졌다. 어쩌면 저 초콜릿 탓인 건 아닐까? 이유는 알 수 없지만 초콜릿이 마법을 부려 할머니를 없앴을지도 모른다.

나도 초콜릿을 만들어볼까?

……말도 안 되는 생각이야. 초콜릿을 만든다고 할머니가 돌아올 리 없잖아.

우울한 마음의 속삭임이 들렸다. 그녀는 그 마음에 넘어가고 싶었다. 다 안 될 거라고 포기해버리고 싶었다. 그녀는 한참 멈춰 있다가 가까스로 움직였다. 이대로 포기했다가는 큰 폐가 된다. 시간이 멈춘 것도 죄송한데 할머니마저 없어지다니, 너무 죄송한 일이다.

할머니 없이 네가 뭔가를 할 수 있을 것 같아?

그녀는 다시 한 번 들려온 우울한 마음의 속삭임을 애써 모르는 체하며 주방으로 향했다. 할머니가 초콜릿을 만들며 참고한 책을 찾았다. 서랍에서 꺼낸 책은 두툼한 노트에 가까웠다. 10년치 만년 다이어리만 한 크기의 노트에는 지금껏 할머니가 만들어온 음료와 커피에 대한 레시피를 비롯해 에스프레소 머신과 화덕 오븐을 다루는 방법 등이 그림과 함께 적혀 있었다. 그런데 레시피의 글씨체며 만드는 방법을 설명한 그림이 페이지마다 차이가 컸다. 어떤 건 정말 프로가 적은 것처럼 각 재료의 용량은 물론 실수할 수 있는 부분까지 세세하게 적어놓은 반면, 어떤 것은 너무 대충이라 과연 이렇게 해서 결과물이 나올 수 있을까 의심스러웠다. 모두 읽을 수 있는 것도 아니었다. 레시피는 세계 곳곳의 문자로 적혀 있었다. 영어, 불어, 독일어, 한자 등은 물론이고 그녀가 처음 접해보는 문자로 적힌 것도 많았다. 하지만 그림과 함께 있었기에, 모르는 문자라도 내용을 이해하기는 어렵지 않았다.

얼마 안 가 그녀는 하트 생초콜릿 레시피를 발견했다. 얼핏 보기에 어렵지 않아 보였다. 여전히 마음속에서 그녀가 할 수 있을 리 없다는 속삭임이 들렸지만 애써 무시했다. 초콜릿과 생크림을 냉장고에서 꺼내 차례대로 만들었다. 그녀는 레시피를 틀리지 않아야 한다는 사실에만 집중하느라 알지 못했다. 혼자 힘으로 무언가에 도전하는 게 굉장히 오랜만이란 사실을…….

2장
할머니의 맛

6

38일째, 그녀는 사흘 연속 완벽한 하트 생초콜릿을 만들어 먹고 있었다. 하지만 아무 일도 일어나지 않았다. 할머니가 돌아오는 일도, 시간이 흐르는 일도 없었다.

"역시 할머니가 사라진 것과 초콜릿은 우연의 일치였을까…… 매일 이러는 것도 너무 지겹다. 다 귀찮다. 그냥 죽으면 좋은데."

또 생각이 입 밖으로 흘러나왔다. 최근 그녀는 혼잣말이 늘었다. 마치 할머니가 혼자 주방에 섰을 때 같았다.

"정신 차리자."

그녀는 다시 아무것도 못 하게 되기 전 집을 나섰다. 그녀는 최근 시간이 날 때마다 할머니를 찾아 평평시를 떠돌았다. 그러다 보니 자전거를 탈 때마다 우울감이 훨씬 나아진다는 사실을 알 수 있었다. 오늘은 도서관 반대편 상가 구역을 돌 차례였다. 할머니는 새로운 것에 호기심을 보였으니, 이쪽에 갔을 가능성도 있었다.

자정이 가까운 시간인데도 꽤 많은 음식점이 문을 열고 있었다. 각기 신나게 웃고 떠들며 술잔을 기울이는 사람이 있는가 하면, 무엇이 서러운지 눈가에 눈물이 고여 떨어질락 말락 한 사람도 있었다. 그녀는 할머니가 혹시 그들 사이에 숨어 있을까 싶어 찬찬히 두리번거리다가 예상치 못한 간판을 발견했다.

은달 베이커리 카페

술집 사이 1층 공간에 은달 카페와 꼭 닮은 분위기의 베이커리 카페가 있었다. 은달 베이커리 카페는 전체적으로 갈색 톤의 벽돌에 오렌지 계열의 전등을 켜서 고풍스러운 분위기를 풍겼다.

그녀는 은달 베이커리 카페의 영업시간을 확인했다. 오전 7시 30분부터 오후 7시 30분, 정확히 12시간만 운영하는 곳이었다.

"들어가도 될까?"

할머니와 함께 있을 때엔 도서관 불법 침입도 감행했지만, 혼자가 되니 망설여졌다.

"할머니가 계실지도 모르잖아. 시도는 해보자."

그녀는 살짝 손을 뻗었다. 조심스레 손잡이를 잡고 살짝 당겼다.

문이 힘없이 열렸다.

그녀는 깜짝 놀라 손잡이에서 손을 뗐다. 나무문은 소리조차 내지 않으며 반동으로 열렸다 닫혔다를 반복했다. 그녀는 제자리로 돌아가는 문을 가만히 바라보다가 작은 기대를 가졌다.

"할머니는 도서관 문도 쉽게 열었지……. 이 문도 할머니가 연 걸 수도 있어!"

그녀는 가게 옆에 자전거를 세웠다. 양손으로 문손잡이를 꼭 잡고 살그머니 밀어 열며 말했다.

"할머니……?"

매장은 어두웠다. 평소 빵이 가득할 것 같은 매대며 진열대가 텅 비어 있었다. 대신 카운터 위에 책이 한 권 놓여 있었다.

은달 베이커리 카페
은달이 뜨는 날에만 엽니다.

은달 카페의 입간판에 쓰인 것과 꼭 같은 제목의 얇은 책이었다. 다시 한 번 그녀는 이곳에 할머니가 있으리라는 기대가 생겼다.

"실례합니다."

그녀는 아무도 없는데도 양해를 구하고 책을 손에 들었다. 책 표지에는 키가 커 보이는 여성이 활짝 웃으며 오븐 팬 가득 은빛으로 빛나는 크루아상을 들고 서 있었다. 그녀는 책 날개를 펴 여성의 프로필을 확인했다.

저자 차월우

2013년, 39세의 나이에 직장을 그만둔 후 프랑스 파리로 유학, 현지의 빵집에서 수학했다.

2023년 귀국해 평평시에 은달 베이커리 카페를 오픈했다. 가장 자신 있는 빵은 은달 크루아상.

이 책에는 은달 크루아상을 비롯한 다양한 빵의 레시피가 실려 있다.

책 내용에는 실망했다. 그녀가 기대한 할머니의 이야기는 없었다. 그래도 일단 챙겼다. 그녀는 책을 한 손에 든 채 살금살금, 고양이처럼 조심스레 걸어 빛이 새어 나오는 방향으로 향했다.

그곳은 주방이었다. 공간 한편을 채운 스테인리스 재질의 주방 집기들이며 전문가용 오븐이 열기를 뿜고 있었다. 그녀는 이곳 어딘가에서 할머니가 나타나 우아하게 웃으며 홍차를 권하지 않을까 기대했지만 그런 일은 일어나지 않았다. 대신, 차월우를 발견했다. 책에서 본 사진 속 여성, 키가 큰 쇼트커트의 차월우가 오븐 앞에 서 있었다. 양손에 오븐 장갑을 낀 채 불 켜진 오븐을 바라보는 얼굴에는 미소가 가득했다.

차월우는 사진보다 나이가 들어 보였다. 그녀는 그런 모습
에 기대를 하고 조심스레 물어보았다.

"혹시, 할머니 아니죠?"

물론 대답은 돌아오지 않았다.

7

그녀는 눈을 뜨자마자 보인 풍경에 실망했다.

"또 밤이야."

변함없이 계속되는 밤은 자고 또 자도 된다는 뜻처럼 보였다. 그녀는 몸을 모로 틀었다. 이불 속에서 몸을 동그랗게 말고 더 잘 셈이었다.

어제, 은달 베이커리 카페를 우연히 발견하고 기대감에 설렜다. 문이 열렸다는 사실에 더더욱 그랬다. 그녀는 할머니가 안에서 티 파티를 준비하다 "어서 와요, 왜 이렇게 늦었어요?"라고 말이라도 걸어줄 줄 알았다. 하지만 그곳엔 할머니가 없었다. 차월우라는 낯선 이름의 여성이 있을 뿐이었다.

그녀는 너무 큰 실망감에 우울감과 함께 무기력마저 느끼고 있었다. 평소라면 이런 기분을 이기기 위해서 억지로 몸을 일으켰겠지만 오늘은 그럴 의지조차 없었다.

"할 일도 없는데 일어나서 뭐 해……."

다시 잘 셈이었다. 하지만 너무 많이 잤더니 더는 누워 있기가 곤욕이었다. 결국 천천히 일어났다. 한숨을 쉬며 계단을 내려가 주방으로 향했다. 우울한 마음과 달리 일단 주방에 서자 손이 알아서 매일 아침 하는 일을 반복했다. 그녀는 아메리카노 한 잔으로 빈속을 깨운 후 아일랜드 키친의 서랍을 열었다. 할머니의 레시피북을 꺼냈다. 첫 장을 펼치자, 어제 가져온 차월우의 레시피북이 나왔다.

"내가 이걸 챙겨 왔었어?"

그녀는 어이가 없어 웃었다. 술을 마신 것도 아닌데 어떻게 돌아왔는지, 무엇을 챙겨 왔는지조차 기억이 나지 않는다니, 자신이 생각한 것보다도 더 실망감이 컸던 모양이었다.

"다시 갖다 놓아야겠지……."

그녀는 한숨을 쉬며 차월우의 레시피북을 폈다. 갖다 줄 거라고 생각하면서도 책을 펴자 자연스레 읽고 있었다. 오랜 시간 들여온 독서 습관 탓이었다. 그녀는 관성적으로 차월우의 레시피북을 훑다가 은달 크루아상 레시피에서 손을 멈췄다. 이 레시피를 할머니의 책에서 본 기억이 있었다. 그녀가 할머니의 레시피북을 폈다. 크루아상의 레시피 페이지를 찾아 나란히 놓고 비교해보니 완벽하게 일치했다.

"어떻게 이런 일이 가능할 수 있지?"

그녀의 마음에 의아함이 가득했다. 얼마 안 가 의아함은 한 가지 가설로 바뀌었다.

차월우의 시간이 예전에 멈춘 적이 있었다면? 그때 할머니에게 레시피를 배웠다면?

그렇게 생각하니 또 한 가지 마음에 걸리는 점이 있었다. 그녀는 서둘러 차월우의 레시피북 첫 장을 펴고 그의 프로필을 다시 읽었다.

……2013년, 39세의 나이에 직장을 그만둔 후……

차월우는 11년 전 직장을 그만둔 후 프랑스 파리로 건너갔다. 어쩌면, 직장을 그만둔 직후 할머니를 만났던 건 아닐까? 나도 직장을 그만둔 후 할머니를 만났으니까?

그녀는 눈을 감고 차월우의 11년 전 모습을 상상해보았다. 직장을 그만두고 비관에 빠진 차월우, 마음의 위안을 찾다가 결국 실패하고 죽으려 들었다가 시간이 멈춘 차월우, 우연히 발길 닿는 대로 갔다가 은달 카페와 할머니를 만난 후 빵을 배운 차월우, 그렇게 시간을 보낸 후 돌아와 프랑스 파리에 갔다면, 이후 돌아와 은달 카페와 같은 이름의 가게를 차렸다면…….

"어쩌면, 만에 하나, 정말 나와 같은 일을 겪었다면 카페에 단서를 놓아뒀을지도 몰라! 자신과 같은 사람을 돕기 위해서!"

그녀는 차월우의 레시피북을 손에 쥐고 은달 카페를 나왔다. 자전거를 끌고 뛰듯이 걸어 숲길을 빠져나오자마자 자전거에 올라탔다. 빠르게 페달을 굴러 은달 베이커리 카페로 향했다. 어찌나 서둘렀던지 순식간에 차월우의 은달 베이커리 카페에 도착한 기분이 들 정도였다.

차월우의 은달 베이커리 카페는 어제와 마찬가지로 문이 열려 있었다. 그녀는 더욱 큰 기대에 부풀었다.

"할머니가 연 게 아니라면…… 시간이 멈춘 상황을 겪는 누군가를 위한 차월우의 배려가 아닐까!"

그녀는 뛰다시피 안에 들어갔다. 눈에 불을 켜고 주변을 훑었다. 차월우의 메시지가 어딘가에 있을 테다. 먼지 한 톨도 놓칠 수 없었다. 하지만 아무것도 없었다. 한참을 뒤져보

아도 메시지 같은 것은 보이지 않았다.

분명 어딘가에 어딘가에 메시지가 있을 거야. 있어야만 해…….

그녀는 주변을 두리번거리다가 별생각 없이 밀고 들어왔던 유리문을 바라보았다. 지금 보니 유리문에 뭔가 붙어 있었다.

"설마!"

그녀는 흥분해 문밖으로 나갔다. 유리문에 붙은 종이를 확인했다.

[아르바이트를 모집합니다]
평일 오전 11시 30분부터 저녁 7시 30분까지
하루 8시간 주 5일 근무

그녀가 기대한 메시지는 아니었다. 하지만 다른 생각이 들었다.

"……본래의 시간으로 돌아간다면 도전해볼까."

그녀는 저도 모르게 떠올린 생각에 놀랐다. 동시에 우울한 마음의 속삭임이 들렸다. 시간이 돌아오면 죽을 거잖아. 그런데 일을 찾게? 그녀는 다시 입을 꽉 다물었다. 우울한 마음이 옳았다.

"나 같은 게 무슨……."

그녀는 기운이 빠졌다. 방금 전까지 샘솟았던 희망과 기대가 조금 꺼졌다. 그녀는 훨씬 창백해진 얼굴로 다시 유리문을 열었다. 유령 같은 걸음걸이로 홀을 지나 주방으로 향했다. 여전히 차월우는 오븐 앞에 서 있었다. 그녀는 양손에 오븐 장갑을 끼고 비스듬히 서 있는 차월우의 옆에 다가갔다. 바로 옆에 서서 조심스레 말을 걸었다.

"실례지만 뭐 하나 여쭤봐도 될까요? 혹시 할머니를 만난 적이 있으셨을까요? 그렇다면 어떻게 그 순간에서 빠져나오셨을까요? 할머니가 사라진 적은, 아니 그 후에 다시 만났다면 어떻게……."

그녀는 한참 혼잣말에 가까운 질문을 하다가 멈췄다. 시간이라도 정지한 듯 흐릿한 눈으로 차월우를 바라보다가 작게 읊조렸다.

"대체 나는 뭘 기대한 걸까."

8

다음 날, 그녀는 다시 은달 베이커리 카페로 향했다.

할 일이 없다. 매일 새로운 날이 시작되어도 그녀의 세상은 멈춰 있다. 책을 읽고, 할머니를 찾아 헤매고, 끼니를 때우고 나면 무한에 가까운 시간이 그녀를 기다린다.

그녀에겐 말벗이 절실했다. 사소한 공통점이라도 있는 월우는 그 상대로 안성맞춤이었다.

"소금빵은 정말 굽는 게 어려운 것 같아요. 어떻게 하면 저렇게 예쁘게 구울 수 있어요?"

"사장님은 어떤 순간 할머니를 만났죠? 어떻게 그 순간에서 빠져나올 수 있었나요?"

"지금은 레시피를 연구하는 중인가요? 빵을 이 시간에 구우면 팔기엔 곤란할 테니까? 무슨 빵을 굽는 중이죠?"

"오늘도 일방적으로 떠들었네요. 내일 다시 올게요. 언젠간 우리 꼭 함께 대화해요."

몇 날 며칠 같은 일을 반복하던 그녀의 눈에 새삼 아르바이트 공고가 보였다.

처음 그녀가 은달 베이커리 카페의 아르바이트 모집 공고를 봤을 때엔 보고 대충 넘겼다. 그녀는 차월우의 메시지를 찾느라 혈안이 되어 있었다. 하지만 매일 와서 일방적으로 말을 걸고 카페 곳곳을 살피자니 자꾸 같은 생각을 반복했다.

이 공간이 마음에 든다. 차월우와 언젠가 진짜 대화를 하고 싶다.

시간이 돌아온 후 아르바이트에 도전하면 어떨까.

마침 그녀에겐 무한한 시간이 있었고, 그녀가 머무는 은달 카페에는 할머니의 레시피북과 오븐도 있었다.

매일 빵을 굽다 보면, 그걸 장점으로 어필하면 아르바이트로 뽑힐 거야.

할머니가 갑자기 사라지기 전까지 그녀는 매일 아침 소금빵을 먹었다. 소금빵의 맛은 그녀의 혀에 충분히 새겨졌으니, 맛을 재현하는 건 그리 어렵지 않을 것 같았다.

그렇게 그녀에게 새 루틴이 생겼다. 매일 아침 일어나 커피를 먹고 끼니를 때운다. 빵을 만든다. 그렇게 만든 빵을 갖고 월우를 만나러 간다……

그녀는 일단 낯익은 소금빵부터 만들 셈이었다. 그런데 이상하게도, 할머니의 레시피책에는 소금빵만 없었다. 차월우의 레시피북도 마찬가지였다. 어쩔 수 없이 그녀는 소금빵 레시피를 찾기 위해 도서관으로 향했다.

시간이 멈추지 않았다면 검색을 통해 쉽게 책을 찾았겠으나, 지금은 컴퓨터 등 디지털 기기를 전혀 사용할 수 없었다. 그녀는 닥치는 대로 제빵 관련 책을 훑었다.

책을 읽을 때에도 한 가지에 빠지면 그와 관련된 책들을 차례로 섭렵하는 그녀다. 저도 모르게 여러 권의 책을 섭렵하다 보니 공통점을 찾을 수 있었다. 모든 빵은 어느 정도까지는 만드는 법이 비슷하다. 소금빵은 특히 그렇다. 모닝빵의 응용이라고 볼 수 있을 정도다.

할머니의 레시피와 차월우의 레시피 모두 모닝빵 굽는 법은 있었다. 두 책 모두 소금빵 레시피가 없었던 건 모닝빵만 잘 구우면 어떻게든 되어서 그런 거 아니었을까? 그녀는 모닝빵부터 시작하기로 마음먹었다. 53일째, 그녀의 얼굴에 가장 큰 활력이 나타난 순간이었다.

9

그녀는 뭔가에 홀린 사람처럼 모닝빵에 매달렸다. 하루 종일 반죽과 발효, 굽기를 반복했다. 사소한 실수를 몇 번이고 거듭한 끝에 처음으로 제대로 된 모닝빵을 구웠을 땐 저도 모르게 엉덩이를 씰룩거리며 춤까지 췄다.

오늘도 그런 루틴을 거치고 있었다. 하지만 표정이 시큰둥했다. 조금 짜증도 나 있었다. 그녀는 눈앞의 화덕 오븐을 가만히 바라보다가 살짝 미간에 주름을 잡았다. 오븐을 열고 모닝빵이 잔뜩 담긴 팬을 꺼냈다. 동글동글한 모닝빵이 제각각 봉긋하게 부풀어 올랐다. 손가락으로 눌러보면 다시 솟아오를 듯 탱탱했다. 그녀는 모닝빵이 식기를 기다렸다가 반으로 잘랐다. 속이 보슬보슬한가 확인한 후 한 입 맛을 보았다가 미간에 더욱 깊은 주름을 만들었다.

"맛없어……."

그녀는 팬에 담은 모닝빵을 들고 한쪽 벽으로 향했다. 이미 그녀의 키만큼 높인 모닝빵 더미에 갓 구운 모닝빵을 더

했다.

그녀는 먹는 양에 비해 턱없이 많은 모닝빵을 구웠다. 버릴 수도 없어서 한쪽 벽에 쌓아두고 있었다.

처음엔 도서관에서 빌린 책에 실린 방법으로 모닝빵을 구웠다. 나쁘지 않았기에 할머니의 레시피를 실천했다. 하지만 뭔가 아닌 듯했다. 무척 평범한 맛, 그녀가 원하는 맛과 거리가 먼 지나치게 흔한 맛이었다. 차월우의 레시피로 모닝빵을 구웠을 때도 결과는 별반 다르지 않았다. 여전히 모닝빵은 맛이 없었다.

그녀는 스스로에게 물었다.

"역시 내 탓일까?"

레시피가 틀릴 리는 없었다. 그녀는 또 고개를 푹 숙였다. 저도 모르게 작게 속삭였다.

"난 평생 할머니의 소금빵을 못 구울 거야……."

완벽한 모닝빵을 굽고 나면 바로 소금빵에 도전할 셈이었다. 그 순간을 위해 미리 버터를 적당한 크기로 잘라 계량해놓기까지 했다. 하지만 아무리 해도 모닝빵이 맛있다는 느낌이 들지 않으니 시작할 수 없었다. 기본조차 제대로 하지 못

하는데 어떻게 다른 빵을 굽는단 말인가?

"난 빵을 구울 자격이 없어."

……그래, 넌 형편없는 인간이니까.

우울한 생각이 단숨에 튀어나왔다. 우울한 마음의 속삭임은 조금만 기가 죽어도 금방 튀어나왔다. 그녀를 점령하고 꼼짝도 하지 못하게 하려 들었다.

"안 돼! 정신 차려! 이러면 안 돼!"

그녀는 고개를 절레절레 저었다.

"자전거를 타자. 은달 베이커리 카페로 가자. 월우 사장님을 만나자."

그녀는 방금 전 구운 모닝빵 중 가장 예쁜 것을 하나 챙겨 은달 카페를 나섰다.

10

    그녀는 텅 빈 진열대, 정확히는 비슷한 모양의 모닝빵이 줄지어 놓인 진열대의 문을 열었다. 그녀는 자신이 구운 모닝빵 하나를 옆에 나란히 놓았다. 사흘 전부터 모닝빵은 이제 거의 완벽하게 같은 형태를 띠고 있었다.

    모닝빵 도전을 시작한 후, 그녀는 매일 완성한 모닝빵 중 가장 잘 만든 것을 챙겨 은달 베이커리 카페로 향했다. 처음엔 매일 진열대에 모닝빵을 갖다 놓는 것이 그녀 나름대로 일종의 의식이었다. 하지만 같은 형태 같은 맛의 모닝빵을 만들게 되자 흥이 식었다. 자신이 만드는 모닝빵이 딱히 개성이 없는 밋밋한 맛, 전혀 특별하지 않다는 사실을 깨닫자 이게 무슨 의미가 있을까 싶었다.

    "역시 난 안 되는 걸까."

    ……그럼 뭐가 될 줄 알았어?

    "대체 난 왜 이럴까."

    그녀는 버릇처럼 우울한 생각을 떠올렸다가 퍼뜩 정신을

차렸다. 어휴, 어휴, 한숨을 되풀이해 쉬며 자리에서 일어났다. 주방으로 향했다. 양손에 오븐 장갑을 끼고 오븐 안을 들여다보고 있는 차월우를 올려다보았다.

차월우는 오늘도 변함없이 행복한 미소를 짓고 있었다. 그녀는 차월우가 신기했다. 차월우는 그녀보다 훨씬 많은 시간 동안 빵을 구워왔으리라. 그런데 어떻게 아직도 행복한 미소를 지을 수 있을까.

"오늘도 뭐 하나 여쭤볼게요. 어떻게 하면 그렇게 빵을 굽는 게 즐거우실 수 있어요?"

그녀도 처음엔 모닝빵을 구우며 즐거웠다. 하지만 조금 지나자 질렸다. 의도가 불순한 탓일까. 그녀는 빵이 좋아서가 아니라 훗날 은달 베이커리 카페의 아르바이트에 도전하기 위해 시작했다.

"내일 또 올게요. 사장님껜 내일이 아닌 늘 지금이겠지만."

그녀는 느릿느릿하게 카페를 빠져나왔다. 자전거를 타지 않고 아주 천천히 걸었다. 터덜터덜 소리라도 날 듯 힘 빠진 걸음걸이로 걷다가 쉬다가를 반복했다.

카페로 돌아가고 싶지 않았다. 자고, 일어나고, 빵을 만들고, 커피를 만들고, 갇힌 시간을 벗어날 궁리를 하고, 차월우의 은달 베이커리 카페에 들러 진열대에 모닝빵을 놓고……반복되는 모든 것이 급격히 지긋지긋해졌다.

점점 몸이 무거워졌다. 다시 우울감에 점령당했다. 평소엔 자전거를 타면 나아졌으나 이번엔 달랐다. 너무 지독해서 페달을 굴릴 힘조차 나지 않았다.

그녀는 땅만 보며 느릿느릿하게 걸었다. 은달 카페에 도착했을 때엔 기운이 전혀 남지 않아 양손으로 문손잡이를 잡고 밀어 여는 것조차 쉽지 않았다. 털썩 소리가 나도록 의자에 앉았다.

"세수를 해야 하는데……."

그녀는 혼잣말을 몇 번이고 반복한 끝에 가까스로 일어날 수 있었다. 화장실로 향해 거울을 들여다봤다.

"어쩜 이렇게 못생겼을까."

오늘따라 그녀는 자기 자신이 더 못생겨 보였다. 광대가 튀어나온 넙데데한 얼굴, 흐릿한 눈썹에 쌍꺼풀이 없는 작은 눈, 마늘종처럼 생긴 코에 작고 얇은 입술. 그녀는 새삼 그런 생각이 들었다. 시간이 다시 흐른다고 차월우가 자신을 써줄

리 없다. 그녀는 너무 보잘것없다. 그러니 도서관에서도 잘린 것이다. 이런 자신에게 일자리를 줄 사람은 아무도 없을 것 같았다. 그녀도 자신감에 넘치고 싶었다. 행복하고 싶었다. 하지만 대체 어떻게 하면 그렇게 될 수 있는지 알 수 없었다. 하아. 그녀는 또 한 번 한숨을 길게 내쉰 후 주방으로 향했다. 그녀가 냉장고 문을 열었다. 버터를 미리 잘라 담아놓은 통을 가만히 바라보다가 말했다.

"언제쯤 소금빵에 도전할 용기가 날까……."

결국 다시 문을 닫았다. 역시 모닝빵도 제대로 못 만드는 주제에 소금빵을 만들 수는 없었다. 분명 망칠 것 같았다. 그녀는 무거운 몸을 이끌고 2층으로 올라갔다. 침대에 쓰러지듯 누웠다. 꿈도 없이 깊은 잠에 빠졌다.

11

그녀는 침대에서 꼼짝도 할 수 없었다. 숨을 쉬는 것마저 힘들었다. 눈을 떠도 일어나지 않았다. 억지로 버텼다. 그러다 다시 잠이 들면 그걸로 그만이었다. 눈을 뜨고 움직이면 자책하고 만다. 그녀는 그 감정이 두려웠다.

"왜 나는 소금빵을 굽지 못하는 걸까."

……무능하니까 그렇지.

바로 우울한 속삭임이 들렸다. 그녀는 몸을 동그랗게 말았다. 그녀는 소금빵에 도전하지 못하는 자신이 갑갑했다. 자꾸 같은 생각만 들었다. 소금빵을 굽다가 실패하면 모든 게 끝날 거야. 엄청나게 나쁜 일이 생길 거야. 시간이 멈췄다. 할머니가 사라지고 혼자 남았다. 이런 자신에게 여기서 얼마나 더 나쁜 일이 생길 수 있을지 그녀도 알 수 없었다.

"나는 정말 왜 이럴까."

그녀는 또 눈물이 났다. 그냥 그러다 또 자버렸다.

12

그녀는 한참의 시간이 지나 가까스로 침대를 벗어났다. 화장실을 더는 참을 수 없었다. 아주 천천히 움직여 일어났다. 슬리퍼를 신고, 또 천천히 걸어 계단을 비틀비틀 내려갔다. 화장실에 들어가서도 아주 천천히 움직였다. 몸이 마음처럼 안 움직여 비틀거리다 할머니처럼 끙차 소리를 내기까지 했다.

화장실에 나온 후, 바로 2층으로 올라가려는데 기운이 나지 않았다. 다리가 너무 무거워서 잠시 쉬어야 했다. 목도 말랐다. 주방으로 향했다. 냉장고 문을 열었다. 물병을 꺼내려다가 버터 그릇으로 시선이 향했다.

소금빵에 도전했던 건 아주 먼 과거의 일 같았다. 할머니와 잠시나마 함께 살았던 건 꿈결 같았고, 시간이 멈춘 것, 그 전에 사서였던 일, 서울에서 가족, 친구들과 살았던 일은 모두 자신의 착각 같았다. 그녀는 원래 이 작은 집에서 혼자 살았고, 아무도 그녀를 찾지 않은 지 오래였기에 꿈속의 일이 현실이었다고 착각하고 있는 것 같았다.

꼬르륵. 배에서 소리가 났다. 생각해보니 한참 아무것도 먹지 않았다.

"뭔가 먹어야 할 텐데……."

중얼거리는 것보다 먼저 그녀의 손이 저절로 움직였다. 자전거 탈 때와 마찬가지였다. 몸이 모닝빵 만드는 방법을 기억하고 있었다. 그녀의 손은 알아서 밀가루를 찾고 나무 볼을 찾았다. 익숙한 손놀림으로 반죽을 시작했다. 1차 발효를 기다리며 조금씩 의욕이 살아났다. 할 수 있다는 기분이 들었다. 연이어 에스프레소 머신 앞에 섰다. 빠른 손놀림으로 카페라테를 준비했다. 할머니처럼 라테아트까지 해냈다. 테이블에 앉아 라테의 맛을 봤다.

"이게 아닌데……."

똑같은 머신, 똑같은 재료, 똑같은 방법으로 만든 커피인데도 할머니가 만들어줬던 맛과는 거리가 먼 것 같았다. 그녀는 순식간에 기가 죽었다.

"아, 빵을 만들어야지."

한참 또 멍청히 앉아 있다가 가까스로 정신을 차렸다. 이번에도 몸이 먼저 움직였다. 몸은 적당한 발효 시간을 기억하고 있었다.

그사이 반죽이 적당한 크기로 부풀어 있었다. 그녀는 반죽을 소분했다. 이제 2차 발효 후 달걀노른자를 잘 풀어 살살 발라 구우면 완성이다. 계란은 냉장고 안에 들어 있다. 반죽 위에 칠할 노른자물은 미지근해야 한다. 그녀는 미리 계란을 꺼내놓기 위해 냉장고로 다가갔다. 냉장고 문을 열었다가 손을 멈칫했다. 계란 바로 옆에 놓여 있는 버터를 다시 한번 보고 말았다.

저것만 있으면 지금 당장 소금빵을 만들 수 있는데.

그녀는 손을 바들바들 떨었다.

만들어볼까? 오늘에야말로 도전할까?

버터로 손을 뻗었다가 다시 내렸다가를 반복했다.

역시 못해. 난 못하겠어.

이상할 정도로 할 수 없었다. 별것 아닌 일이었다. 그냥 버터 그릇을 손에 들어 옮기면 된다.

"무서워. 망칠 것 같아. 난 분명 망치고 말 거야."

그녀가 혼잣말을 시작했다.

"뭐 어때? 누가 보는 사람도 없는데?"

"누군가 보고 욕할 거야. 너 따위가 무슨 소금빵을 굽냐고 비웃을 거야."

"그렇지 않아! 그래봤자 이 세상엔 나 혼자뿐이잖아!"

"아니야, 분명 망칠 거라고! 내가 할 수 있을 리 없다고!"

그녀는 악을 쓰듯 혼잣말을 하고 있었다. 이젠 눈물마저 났다.

"그럼 망쳐! 망쳐버리라고!"

"그래! 망쳐! 망쳐!"

두 혼잣말이 묘한 방향으로 일치했다.

"일단 도전하고 망쳐!"

"그래, 도전하고 망쳐!"

"망친 후에 후회해!"

"그래, 망치고 나서 후회해!"

그녀의 손이 움직였다.

"그래, 난 망칠 거야!"

아주 조금씩, 덜덜 떨면서도 천천히 움직여 버터 그릇을 콱 쥐었다.

"그래봤자 망칠 거야! 그러니 그냥 만들자! 만들고, 만들고 나서 후회하자! 제발! 제발! 일단 어떻게든 만들어!"

그녀는 마침내 냉장고에서 버터를 꺼내는 데 성공했다.

이것만으로 기운이 빠져 제자리에 털썩 주저앉았다. 버터 그릇을 끌어안고 또 한참을 울었다.

"움직여, 어서 움직여!"

그녀가 다시 일어났다. 다리가 후들거렸지만 버텼다. 눈물이 펑펑 쏟아지는데 닦지도 않은 채 조리대 앞에 섰다. 밀대를 들고 도마 위에서 반죽을 길게 늘이며 혼잣말을 반복했다.

"망쳐! 망쳐도 돼!"

"별거 아냐! 괜찮아!"

"차라리 확 망쳐버려!"

그녀가 원뿔형으로 길게 늘인 반죽의 끝에 버터를 놓았다.

"처음부터 잘하는 사람이 어딨어!"

"괜찮아! 망치고 자책해도 늦지 않아!"

반죽 끝에 버터를 놓고 도르르 말았다.

소금빵 생지가 완성됐다.

"했다, 내가 해냈어!"

"실패하지 않았어!"

그녀는 거의 비명을 지르며 기뻐했다. 또 눈물이 펑펑 나는 바람에 잠깐 작업을 중단할 수밖에 없었다.

13

2차 발효가 끝났다. 생지는 차월우의 오븐 안 소금빵과 비슷한 형태로 잘 부풀어 있었다.

"나, 해낸 건가……?"

그녀는 벽에 걸린 수많은 시계 중 하나를 보며 말했다. 일 초, 이 초, 삼 초, 분침이 움직이는 걸 보며 서서히 눈물이 말랐다. 공포와 두려움으로 떨리던 손도, 다리의 후들거림도 잦아들었다. 이젠 쓴웃음이 날 정도의 여유도 생겼다. 스스로에게 말했다.

"이게 뭐가 그렇게 어렵다고 도전조차 포기하려고 했을까."

그녀는 오븐을 180도에 예열했다. 그러는 사이 달걀물을 반죽 위에 발랐다. 원래는 달걀물 위에 소금을 뿌려야 했지만 그럴 필요는 없어 보였다. 눈물이 스며들어 간이 딱 맞을 것 같았다.

예열이 끝났다. 그녀가 오븐에 소금빵을 넣었다. 차월우처럼 오븐을 들여다보며 말을 걸었다.

"망쳐도 괜찮아."

"굽는 것만으로 대단한 일이야."

"처음부터 잘하는 사람이 어디 있어."

"잘했어. 난 정말 오늘, 너무너무 잘했어."

15분이 지났다. 모닝빵을 구울 때는 맡아본 적 없는 고소한 냄새가 났다. 그녀는 기대감에 가슴이 두근거렸다. 딱 3분만 더 굽자고 생각하며 오븐 장갑을 꼈다. 그렇게 오븐 문을 열려고 손을 뻗었을 때, 다리가 다시 후들거렸다. 울면서 빵을 치댄 탓에 몸에 무리가 온 모양이었다. 그녀는 의자가 필요했다. 빵을 꺼낸 후 앉아야겠다고 생각했다. 그런데 또 한번 큰 진동에 몸이 기우뚱하더니 넘어졌다. 그제야 그녀는 알 수 있었다. 지금 흔들리는 건 그녀의 몸이 아닌 바닥이었다.

"지진인가?"

그녀는 놀라 소리 질렀다. 지진 행동요령을 떠올리고 카페를 나서려고 하다가 뒤늦게 이상한 점을 깨달았다.

"시간이 멈췄는데 어떻게 지진이 올 수가 있지?"

그제야 그녀는 이것이 그토록 기다리던 새로운 움직임이라는 걸 깨달았다. 생각해보니 귀에 익은 소리가 났다.

두근두근.

그녀의 몸 깊은 곳, 심장이 뛰고 있었다. 그녀는 놀라 고개를 번쩍 들고 벽시계를 바라보았다. 그녀의 시각을 가리키던 볼품없는 시계의 분침이 53분을 가리키고 있었다.

"마침내 11시 53분이 왔어……!"

다시 한 번 심한 진동이 왔다. 이제 집은 한쪽 방향으로 완전히 기울고 있었다. 그녀는 기울기를 버티지 못해 바닥에서 데구르르 굴렀다. 금방이라도 집이 무너질 것 같이 흔들렸다. 어떻게 시간에서 벗어났는데 이렇게 죽을 수는 없어! 그녀는 있는 힘을 다해 문을 향해 나아갔다. 그러는 사이에도 나무로 된 컵이며 집기, 스테인리스 재질의 식기들이 사방팔방에서 굴러다녔다.

마침내 양손이 문손잡이에 닿았다. 그녀가 문을 열었다. 도망치기 위해 그대로 한 발 내밀었다가 예상치 못한 감각에 당황했다. 바깥은 허공이었다. 은달 카페가 공중에 떠 있었다. 그녀는 문손잡이에 매달려 버둥거렸다. 온몸의 반동을 이용해 가까스로 문을 쾅 소리 나게 닫아 집 안으로 돌아왔다.

문을 세게 닫은 덕일까, 바닥의 기울기가 정상으로 돌아왔다. 그녀는 창문으로 밖을 살폈다. 여전히 은달 카페는 밤하늘 구름 위 두둥실 떠 있었다. 어떻게 집이 하늘에 떠 있을까 의아한 가운데, 뭔가 허전했다. 아주 중요한 걸 잊고 있는 것 같았다. 그게 뭐였을까……. 한참 생각하다가 하늘의 은달을 보고 깨달았다.

"내 소금빵!"

시간이 지나도 너무 지났다. 그녀는 허둥지둥 오븐을 열었다. 다 타버려 엄청난 연기를 뿜으리라 짐작했으나 아무 일도 일어나지 않았다. 소금빵은 완벽한 형태 그 자체로 그곳에 있었다. 그녀는 뭔가에 홀린 기분으로 소금빵을 꺼냈다. 소금빵은 크루아상처럼 겉이 바삭했다. 반으로 동강 내자 바삭 하고 소리가 날 정도였다. 그녀는 아직 다 식지 않아 연기가 나는 소금빵을 호호 불어 한 입 먹었다. 입에 닿는 순간 살짝 짠 듯한 폭신함이 낯익었다.

"할머니의 맛이다……."

그녀는 또 울고 말았다.

3장
오버 더 레인보우

14

그녀는 지붕에 앉아 밤하늘을 올려다보고 있었다.

"카시오페이아, 북두칠성…… 아는 게 없네."

아는 별자리 이름이 떨어지자 제멋대로 소금빵자리, 메론 빵자리 같은 이름을 붙이며 혼자 놀았다. 더는 붙일 이름조차 떠오르지 않을 무렵, 은달 카페의 고도가 조금씩 낮아졌다.

은달 카페가 구름 아래로 내려갔다. 갑자기 주변이 환해졌다. 구름 아래는 대낮이었다. 그녀는 푸른 하늘이 반가워 호흡을 크게 했다. 방금 전 구름 위 풍경이 밤이었으나 아래는 낮인 게 좀 이상하긴 했지만 깊이 생각하지는 않았다. 그렇게 따진다면 은달 카페가 하늘을 날고 있는 것부터 말이 안 됐다.

착륙은 떠오를 때만큼 드라마틱하지는 않았다. 사뿐했다. 그녀는 1층 벽시계부터 확인했다. 또 수많은 시계 중 하나가 멈췄으면 어쩌나 싶었다. 다행히 멈춘 시계는 하나도 없었다. 그녀가 문으로 다가갔다. 손잡이를 잡는 순간 거의 동시에 카페의 문이 열렸다.

초등학교 1학년 정도로밖에 보이지 않는 소년이 카페에 들어왔다. 햇빛에 많이 탄 듯 까무잡잡한 피부에 두피가 훤히 보일 정도로 머리를 민 소년이었다. 소년은 황급히 문을 닫았다. 겁에 질려 문 아래에 쭈그리고 앉아 덜덜 떨었다.

소년은 요즘 보기 힘든 때 절은 흰 저고리에 검은 바지, 게다가 검정 고무신을 신고 있었다. 냄새도 지독했다. 평평역 근처 노숙자들에게서 나는 냄새와 비슷했다. 그녀가 조심스레 소년에게 다가갔다.

"저기, 얘……."

소년은 문에 귀를 갖다 대고 바깥의 동정을 살피느라 그녀가 다가와도 신경 쓰지 않았다. 그녀는 소년과 마찬가지로 문에 귀를 갖다 댔다. 문밖에서는 아무런 소리도 나지 않았다. 다시 한 번 그녀가 말을 시켰다.

"바깥에 무슨 일이 났니?"

소년은 깜짝 놀라 그녀의 입을 손으로 막았다.

"조용히 해요!"

그녀는 엉겁결에 시키는 대로 했다. 소년은 잠시 후 그녀의 입에서 손을 뗐다.

"이제 괜찮아요. 이 집으로는 안 오는 것 같아요."

"무슨 일이 일어난 건데……?"

"일본군이 총을 쏘고 있잖아요! 시위대를 마구 죽이고 있다고요!"

일본군, 총, 시위대…… 그녀의 일상에서 동떨어진 말이 연거푸 돌아왔다. 그녀는 잠시 소년과 눈을 마주쳤다가 다시 한 번 문에 귀를 갖다 댔다. 아무 소리도 들리지 않았다. 그녀가 벌떡 일어났다. 성큼성큼 걸어 창문으로 밖을 내다봤다.

거리가 혼잡했다. 흰 저고리에 검은 바지, 검은 치마를 입은 사람들이 한 손에 태극기를 들고 뛰어다녔다. 그 뒤엔 군인들이 있었다. 군인들은 아무 거리낌 없이 달리는 사람들을 향해 장총을 겨눴다. 순식간에 한 발 쏘고 다시 장전하길 반복했다. 그런데 아무 소리도 들리지 않았다. 모든 광경이 무성영화처럼 흐르고 있었다.

"그러다 총 맞아요! 큰일 난다고요!"

소년이 그녀의 팔을 확 잡아당겨 앉혔다. 그녀는 엉겁결에 몸을 함께 낮추며 소년에게 물었다.

"대체 무슨 일이 일어나고 있는 거니?"

"만세운동이요!"

"만세운동?"

그녀가 아는 만세운동은 삼일운동밖에 없었다. 그리고 보니 소년의 옷차림이며 바깥의 분위기 역시 옛날 책에서나 본 듯한 느낌이었다.

"혹시 지금이…… 언제니?"

"언제라뇨?"

"그러니까…….'

그녀는 잠시 어떻게 설명해야 할까 난감해하다가 어렸을 때 배웠던 삼일절 노래의 가사를 떠올렸다.

"……기미년?"

"삼일운동요? 그게 언제 적인데! 오늘은 융희황제 인산일 이잖아요!"

"인산일? 그게 뭔데?"

"그것도 몰라요? 임금님 장례식!"

1919년보다 후에 일어난 만세운동인 모양이었다. 즉, 그녀는 과거로 갔다는 뜻이다. 적어도 백 년은 전 과거로.

설마, 또 시간이 멈췄나?

바깥의 소리가 안 들리는 건 시간이 멈춘 탓일 수도 있었다. 그녀는 불안해졌다. 다시 벌떡 일어나 다닥다닥 붙은 벽시계의 시각을 빠르게 눈으로 훑었다.

"뭐해요! 그러다 총 맞는다고요!"

"시간을, 시간을 찾아야 해."

"시간이라뇨?"

"지금 몇 시쯤 됐어?"

"정오 종이 친 지 얼마 안 되긴 했는데 정확한 건 모르겠……."

"정오, 정오, 정오…… 찾았다!"

그녀가 지금 시각을 찾아냈다. 딱 하나, 커다란 괘종시계가 정오에서 7분이 지난 시각을 가리키고 있었다. 초침도 움직였다.

"다행이야. 시간은 무사히 흐르고 있어!"

"무슨 말인지 모르겠네."

"여기가 어딘지 가르쳐줄래?"

"몰라서 물어요?"

"응."

"이상한 누나네. 청계천이요."

"청계천. 서울이란 뜻이구나."

시간이 다시 흐르는 건 바라던 일이었다. 하지만 과거로, 전혀 모르는 상황으로 돌아오길 바란 적은 없었다.

본래의 세계로 돌아가야 해.

"하지만 어떻게? ……아, 답은 정해져 있나."

소금빵을 구웠더니 집이 떠올랐다. 과거로 왔다. 그렇다면 소금빵을 또 구우면 될 것 아닌가?

그녀는 바로 주방으로 향했다. 밀가루를 꺼내 빵 만들 준비를 시작했다.

"뭐해요?"

"빵 만들어."

"빵?"

"그래, 빵."

그녀는 익숙한 손놀림으로 밀가루와 우유를 섞다가 멈칫했다. 이 아이는 어떻게 하지? 소년은 이 시대 사람이다. 지금 이 순간 빵을 구웠다가는 소년도 함께 미래로 가게 된다. 그건 곤란하다. 나가라고 할 수는 없다. 집 밖은 전쟁터다. 아무렇지 않게 총으로 사람을 쏴 죽이고 몽둥이로 때린다. 이런 세상에 소년을 내보낼 수는 없다.

15

그녀는 쉴 새 없이 손을 놀려 반죽을 끝냈다. 나무 볼에 담았다. 젖은 면포를 씌운 후 행주로 손을 닦으며 소년에게 말했다.

"어디쯤 사니?"

"동대문 근처."

"그렇구나."

그녀가 다시 창가로 다가갔다. 바깥의 동태를 살폈다. 아까보다 훨씬 조용해 보였다. 소년 역시 까치발을 하고 그녀와 함께 밖을 살폈다.

"괜찮은 것 같지?"

"그런 것 같아요."

"이제 나가볼까?"

"그게 무슨 소리예요?"

"너 집에 데려다줘야지."

"자, 잠깐 잠깐! 잠깐만 위험해요! 보이는 곳에는 없어도 어딘가 숨어 있을 수 있어요. 아직 위험…… 문 열면 안 된다니까!"

이미 그녀는 문을 열었다. 그녀는 정오의 쨍쨍한 햇빛이 반가웠다. 초봄의 공기가 시원…… 하지 않았다. 후끈한 열기와 함께 나는 지독한 냄새에 바로 코를 쥐었다. 소년의 옷에서 나는 냄새가 사방에서 났다.

은달 카페는 청계천 바로 옆 다닥다닥하게 붙은 판자촌 사이에 착륙해 있었다. 그녀는 왜 하필 이런 곳에 카페가 자리를 잡았는가 당황했다가도 일단 소년을 데려다줘야 한다는 책임감으로 발을 뗐다. 땅을 밟았…… 어야 했는데 그대로였다. 중력이 그녀의 의지와 반대로 작용했다.

"누나, 뭐해요?"

"나, 나가려고 하는 중인데……."

"그냥 나가면 되잖아요?"

소년은 어이없다는 표정으로 그녀를 바라보다가 먼저 한 발을 떼서 밖으로 나갔다.

"어서 나와요. 뭐해요?"

"나간, 다고! 내가 나갈, 거라고!"

그녀는 얼굴까지 시뻘게져서 문 앞에서 발을 버둥거렸다.
몇 번이고 같은 행동을 반복해봤지만 결과는 같았다. 그녀
는 밖으로 나갈 수 없었다.

"누나 좀 이상한 거 알아요?"

소년은 문 앞에서 팔짱을 낀 채 고개를 절레절레 저었다. 그
러다 낯선 소리가 났다. 탓. 폭죽이 터지는 것 같기도 하고, 부
지깽이를 실수로 나무 바닥에 떨어뜨렸을 때 나는 소리 같기
도 했다. 이 소리와 동시에 소년이 그녀의 품으로 쓰러졌다.

"왜 그러니?"

그녀는 무심코 소년의 등을 잡았다가, 끈적한 뭔가를 느꼈
다. 손을 확인해 보니 피가 묻어 있었다.

"아, 좀 아프네. 뭐지?"

소년은 한 손으로 등을 긁었다. 소년의 등에서는 그녀의
손에 묻은 것과 같은 피가 흘러나왔다.

"자, 잠깐! 긁으면 안 돼!"

소년은 그녀의 말에 자신의 손을 바라보았다가 놀란 표정
을 지었다.

"이게 뭐지?"

"잠, 잠깐! 잠깐 잠깐만! 치료를! 지혈! 피나는 데 꾹 누르고 있어! 누나가 구급함 갖고 올게!"

그녀는 소년을 의자에 앉힌 후 급히 주방으로 향했다. 선반 곳곳을 뒤지다가 2층에서 응급함을 본 기억을 떠올리고는 계단을 올라갔다. 침대 밑 서랍에서 붉은 십자가가 그려진 나무로 된 응급함을 들고 후다닥 뛰어 돌아왔다.

"치료! 여기 앉아! 어서!"

당황한 그녀와 달리 소년은 침착했다.

"누나, 나 안 아파요. 괜찮아요."

"말도 안 되는 소리! 총에 맞았는데 어떻게 안 아파!"

그녀가 응급함에서 소독약과 붕대, 핀셋을 꺼냈다.

"자, 총알을 빼보자."

"할 줄 알아요?"

"영화에서 봤어! 어떻게든 될 거야!"

그녀가 소독약을 솜에 적셨다. 소년의 저고리를 살짝 벗겨 상처 부위를 드러냈다. 총을 맞은 부위에 소독약을 바른 솜을 갖다 대고 살살 피를 닦았다.

"괜찮아? 안 아파?"

"전혀요."

참는 게 아니라 정말 아무렇지 않은 것 같았다. 그녀가 상처를 소독하는 내내 소년은 의자에 앉은 채 다리를 앞뒤로 흔들며 카페 곳곳을 눈으로 훑기까지 했다. 운이 좋았다. 총알은 잘 보이는 곳에 아주 살짝 박혀 있었다. 살에 닿자마자 멈춘 듯 핀셋으로 들어 없애기에 안성맞춤이었다. 그녀가 핀셋으로 총알을 들었다. 옆에 내려놓으며 소리쳤다.

"다 됐다!"

"와, 이런 게 내 몸에 박혀 있었구나?"

소년은 총알을 신기해했다.

"누나, 나 이거 가져도 돼요?"

"그걸 왜 가져?"

"신기하잖아요!"

"그래, 맘대로 해."

"그런데 원래 이렇게 총에 맞는 게 안 아파요?"

"나야말로 묻고 싶다. 어떻게 그렇게 아무렇지도 않……."

그녀는 소년의 몸에 붕대를 감다가 순간 손을 멈췄다. 왜 소년이 총에 맞았는데도 아프지 않았는지, 총알이 소년의 몸을 관통하다 만 듯 등에 박혀 있었는지, 그 이유를 깨달았다. 벽의 한가운데, 괘종시계가 12시 36분에 멈춰 있었다.

　그녀는 달리다시피 걸어 문을 번쩍 열었다. 숨을 한 번 크게 들이마신 후 발을 내디뎠다. 아무런 저항 없이 단숨에 밖으로 나갈 수 있었다. 그대로 바닥만 보며 몇 걸음 더 뗐다가 뭔가에 부딪쳤다. 누군가 들이민 총구였다. 그녀는 놀라 상체를 뒤로 젖혔다. 어디서 나타났는지 은달 카페 바로 앞에 권총을 든 일본군이 서 있었다. 그는 방금 전 은달 카페를 향해 방아쇠를 당긴 듯 총구에서 희미한 연기가 솟아오르다 멈춰 있었다. 이제 그녀는 소년에게 일어난 일을 확신할 수 있었다. 시간이 멈췄다. 그 덕에 소년의 등에 총알이 박히다 말아 죽을 뻔한 위기를 넘겼다. 시간이 멈췄기에 아픔도 느끼지 않았다.

“이게 어떻게 된 거예요?”

소년이 그녀를 따라 문밖으로 나왔다.

“왜 모든 사람이 멈춘 거예요?”

두려움에 가득한 말투였다. 그녀는 소년이 손을 꽉 잡았다.

“널 살리기 위해서.”

"세상이 날 위해서 멈췄다고요?"

소년은 의아해했다.

"난 그렇게 중요한 사람이 아닌데?"

"그렇지 않아."

그녀가 단호하게 말했다.

"이 세상에 중요하지 않은 사람은 단 한 명도 없어."

……나를 제외하고는. 마지막 말은 목구멍으로 삼켰다.

16

    그녀는 예전에도 멈춘 세상에 있었다. 그 세상 역시 지금과 마찬가지로 정적에 휩싸인 신비한 공간이었다. 과거의 세상은 뭔가 달랐다. 총알이 중간중간 멈춰 있었다. 고함을 지르는 사람들, 거리를 달리는 인력거와 말들이 하나같이 역동적인 동작을 하다 멈춰 있었기에 정교하게 만든 밀랍 인형 같다는 기분이 먼저 들었다. 서울이 흙길이라는 것도 신기했다. 그녀는 어딘가의 영화 세트장이나 한국민속촌에 온 듯한 기분이 들었다.

    "그러고 보니 너 이름이 뭐니?"

    "저요? 월우예요. 이월우."

    그녀는 예상치 못한 이름에 당황했다. 잠깐 걸음을 멈췄다가 다시 걸었다.

    "월우라, 흔치 않은 이름인데."

    "누나는요? 누나 이름은 뭐예요?"

    "나? 내 이름은……."

그녀는 아무렇지 않게 대꾸하려다가 멈췄다. 순간 기억이 나지 않았다.

"내 이름이 뭐지?"

그녀는 혼란스러웠다. 언제부터 자신의 이름이 기억나지 않았는지 알 수 없었다.

이때부터 그녀는 힘없이 소년이 안내하는 대로 움직였다. 자신의 이름이 떠오르지 않는다는 사실에 다시 우울감 몰려든 탓이었다. 핏기가 가신 그녀의 얼굴은 시간이 멈춘 거리의 밀랍 인형 같은 인파보다 생동감이 떨어졌다. 그 탓에 초여름의 날씨가 전혀 무덥지 않았다. 그녀는 오한마저 느꼈다.

소년의 집은 종로 번화가에서 한참 지나가야 나왔다. 대로변엔 양옥집이며 기와집이 줄지어 있었으나 골목에 들어서자 상황이 달라졌다. 골목길의 폭이 좁아질수록 집의 만듦새가 나빠져, 뒤로 갈수록 청계천 주변 풍경과 별반 다를 게 없었다. 소년은 그런 판잣집 중 하나 앞에 섰다.

"여기가 저희 집이에요."

소년의 체취와 비슷한 냄새가 나는 집이었다. 이 냄새로 그녀는 소년의 가정형편을 어림짐작할 수 있었다.

"그래, 다 왔네."

그녀는 소년과 마주 보았다. 이대로 헤어지기 아쉬웠다. 소년은 오랜만에 만난 살아 움직이는 사람이었다. 차월우와 이름이 같은 이월우였다.

"고마웠어요. 이 총알도 그렇고."

소년은 목에 맨 총알 목걸이를 보여줬다. 손재주가 무척 좋은 모양이었다.

"나야말로. 잘 들어가."

"혼자 갈 수 있죠?"

"물론이지."

사실 자신이 없었다. 하지만 시간은 얼마든지 있으니 괜찮을 것이다. 그녀는 힘없이 웃어 보인 후 몸을 돌렸다.

"아, 누나!"

소년이 그런 그녀를 다시 불렀다. 그녀가 몸을 돌려 소년을 바라보았다.

"이름, 꼭 기억해내면 좋겠어요."

불가능할 것 같아. 그녀는 우울한 마음의 속삭임을 애써 모르는 체하며 작게 고개를 끄덕였다.

17

한참을 헤맨 끝에 돌아와 보니 발효가 끝나 있었다. 그녀는 어느새 익숙해진 동작으로 리드미컬하게 반죽을 소분하며 머릿속으로는 계속 자신의 이름을 생각했다.

아무리 해도 이름을 떠올릴 수 없었다. 부모와 친구, 예전 연인과 직장 동료들의 이름은 쉽사리 떠오르는데 왜 자신의 이름만 기억하지 못하는지 알 수 없었다. 마지막으로 이름을 불린 게 언제였는가 기억이 나지 않았다. 도서관에 다닐 땐 업무 때문에 이름을 불릴 일이 있었으나, 집에 혼자 있을 때엔 그럴 일이 없었다. 어쩌면 그래서 이름을 잊은 걸지도 몰랐다. 아무도 부르지 않는 이름은 이름이 아니다.

2차 발효가 끝났다. 그녀는 오븐을 예열한 후 소금빵을 넣고 구웠다. 이내 낯익은 냄새가 났다. 빵이 완성되는 냄새였다. 그녀는 의자에 앉아 은달 카페가 떠오르길 기다렸다. 이제 진동이 오리라. 카페가 공중에 떠오르리라. 하지만 아무 일도 일어나지 않았다. 그녀는 의자에 앉아 있었고, 오븐 안에서는 빵이 구워지다 못해 타는 냄새가 나고 있었다.

"빵 타요!"

"아, 알아! 알고 있어!"

그녀는 등 뒤에서 들린 소리에 정신이 들었다. 허겁지겁 오
븐에서 소금빵을 꺼내봤지만 시꺼멓게 변해 먹을 수 없는 수
준이 되어버렸다.

"이걸 어떻게 먹어. 아까워라."

"그러게. 아깝네. 잠깐, 너?"

그녀는 뒤늦게 자신의 옆에 서 있는 소년을 깨달았다.

"언제부터 있었어?"

소년은 머쓱한 표정을 지으며 그녀를 올려다봤다.

"배가 고파서."

"뭐?"

"집에는 밥도 없고, 아무도 움직이지 않으니까 좀 무섭고
뭐 그래서……."

그녀가 벽시계를 바라보았다. 처음엔 시간을 안 외워둬서
당황했지만, 얼마 안 가 낯익은 시계를 발견했다. 떠나온 세
계를 상징하는 공산품 시계. 그 시계의 시각은 결코 잊을 수

없다. 11시 52분. 그 시계가 지금, 5시 58분을 가리키고 있었다. 그렇다는 건, 시간이 멈춘 지 어느덧 6시간이 훌쩍 지났다는 뜻이었다.

"알았어. 뭔가 먹자."

"난 빵을 먹고 싶어요!"

"빵?"

"누나가 만든 빵! 너무 맛있어 보여!"

"지금 당장 먹을 건 없는데."

소금빵은 다 태웠다.

"저기 있는 것도 빵이잖아요?"

소년이 한쪽 벽을 가득 채운 모닝빵 더미를 가리켰다.

"아, 이건……."

……맛이 없는데, 하고 말을 끝내기도 전에 소년이 모닝빵으로 손을 뻗었다. 양손으로 하나씩 집더니 한 개를 입에 쑤셔 박아 단번에 씹어 먹은 후 꿀꺽 소리까지 내며 삼켰다. 혀로 입 주변을 닦으며 소리쳤다.

"너무 맛있어요!"

그녀는 소년의 반응에 당황했다. 그럴 리 없었다. 모닝빵은 맛이 없었다. 맛이 없어도 너무 없어서 그녀는 심란해하지 않았던가. 그녀는 의심스러워하며 모닝빵을 하나 손에 들었다. 살짝 뜯어 맛을 봤다.

……맛있어.

시간이 지난 탓에 겉은 좀 딱딱했지만 반으로 뚝 자르자 드러난 속살은 달랐다. 여전히 적당히 부드럽고 포슬포슬해 씹는 맛이 있었다.

소년은 양손에 빵을 들고 허겁지겁 먹기 시작했다. 그녀 역시 마찬가지였다. 급하게 빵을 먹다가 소년과 거의 동시에 사레가 들렸다. 그녀는 냉장고에서 우유를 꺼내 소년에게 건 넸다. 소년은 우유를 들고 단번에 마시고는 꺼억 트림을 했 고, 그녀 역시 마찬가지였다.

"너무 맛있는 빵이에요!"

"마찬가지야!"

그녀가 활짝 웃었다. 이렇게 맛있는 빵은 처음이었다.

18

여전히 은달 카페의 시간은 멈춰 있었지만 그녀는 예전만큼 우울하지 않았다. 소년 덕이었다.

"대단해요!"

"멋져요!"

"훌륭해요!"

소년은 모든 것에 감탄했다. 빵의 맛에 감탄했다. 연이어 그녀가 보여준 2층 침실에 감탄했고, 그녀의 옷을 보고 또 감탄했다. 먹을 것을 구하러 갈 때도 소년은 늘 적극적으로 움직였다. 일본군이 쏜 허공에 뜬 총알의 움직임을 바꿔 바닥에 놓는가 하면, 무기들은 멀찍이 떨어진 데 놓아 다시 찾기 힘들게 했다.

"전쟁은 싫어요. 다들 싸우지 않고 행복하게 살면 좋겠어요."

청계천에 권총을 던져 넣을 때, 소년이 말했다.

"일본군에게 향하게 하지?"

"그건 안 돼요."

"왜?"

"저는 누구도 죽지 않았으면 해요."

그녀는 일본군들이 벌일 만행을 이야기해줄까 망설이다가 이내 입을 다물었다. 소년의 순수한 마음을 다치게 하고 싶지 않았다.

19

그녀와 소년은 지붕 위에 이불을 깔고 나란히 누워 있었
다. 이것 역시 소년의 아이디어였다. 매일 맑은 날이라면 하
루쯤은 지붕에서 자봐도 괜찮지 않겠냐는 말에 실천해봤다.
생각보다 훨씬 좋았다. 밤의 세상에서 쐬지 못했던 햇빛을
단숨에 충전하는 기분이 들었다.

"칼이랑 총 대신 뭔가 들게 해야 하는데."

오늘도 소년은 한참 경성 시내를 돌아다니며 일본군의 무
기를 치웠다.

"왜 뭔가를 대신 들게 해?"

"그야 없어지면 더 화를 낼 수도 있으니까. 뭔가 획기적인
게 필요해요. 방금 전까지 싸우던 것조차 잊고 화해하게 할
물건이."

"어떤 물건이 좋을까."

"아 참, 빵은 안 구워요?"

"아직 모닝빵이 많잖아."

그녀와 소년이 매일 먹어 치웠어도 여전히 모닝빵이 산더미처럼 쌓여 있었다.

　"그래도 구워요. 누나가 빵 굽는 거 보고 싶어요."

　"그래, 그러자."

　"언제? 언제 구울 건데?"

　"글쎄. 곧 구워야지."

　"그래요. 꼭 구워요. 이왕이면 모닝빵."

　"모닝빵이 저렇게 많은데 또?"

　"나 갓 구운 모닝빵의 맛이 궁금해."

　소년은 만족한 표정을 지으며 잠이 들었다. 다른 동네까지 가서 멈춘 총알이며 권총, 몽둥이와 칼을 수거하느라 노곤해진 모양이었다.

　소년은 얼마 안 가 잠꼬대를 했다.

　"싫어. 죽기 싫어."

　"엄마, 엄마 어딨어."

　"형, 춘삼아. 어디 갔어."

　소녀는 꿈속에서 계속 가족을 그리워했다. 그럴 만도 했다. 소년은 고작 여덟 살이었다. 이런 소년을 위해서라도 어서 시간을 흐르게 하는 게 옳았다. 하지만 그녀는 빵을 굽는 게 두려웠다. 오랜만에 함께 시간을 보내는 상대가 생겼다. 매일 나누는 별것 아닌 소소하고 시덥잖은 대화가 그녀를 무척 행복하게 했다. 소년과 헤어져 혼자 떠난다면, 다시 대화할 상대가 사라진다. 혼자가 된다.

그녀는 늘 혼자였다. 시간이 멈춘 후가 아니라, 그 전부터 그랬다. 본래 세계로 돌아간다면 그런 일상이 되풀이되리라. 누군가 이름조차 불러주지 않는 일상이. 그렇다면 차라리 이곳, 멈춘 세상에서 소년과 단둘이 지내는 게 나을 것 같았다.

"미안해. 아주 조금만 더, 나랑 같이 있어줘."

그녀는 가족을 애타게 찾는 소년의 머리를 쓰다듬으며 작게 속삭였다.

20

소년은 까치발을 하고 일본군의 권총을 뺏었다. 일본군은 순식간에 어정쩡한 자세로 서 있는 꼴이 됐다.

"역시 어색한데."

소년은 다시 밖으로 나와 일본군들의 무기를 없애고 있었다. 오늘은 좀 더 멀리까지 올 셈으로 누나와 함께 자전거를 타고 왔다. 새 옷에 새 가방도 들었다. 소년은 무척 고급스러워 보이는 물건에 깜짝 놀랐지만, 누나는 별것 아니랬다.

그간 소년은 일본군의 손에 무기 대신 보이는 대로 꽃이며 태극기를 쥐여줬다. 하지만 워낙 일본군의 숫자가 많은 탓에 이제는 수량이 달렸다. 뭣보다 잡은 동작이 어색한 게 마음에 걸렸다. 꽃 한 송이로는 권총을 잡은 자세를 대신하기 힘들었다. 뭉텅이로 쥐어야 했다. 태극기는 꽃다발보다 쥐었을 때 모양새가 나았지만 얼마 안 가 태극기도 떨어졌다. 그렇다고 소리 높여 "조선 독립 만세"를 외치는 형이며 누나의 손에서 태극기를 뺏어 일본군의 손에 쥐어줄 수는 없었다.

"역시 뭔가 다른 게 필요해."

소년은 총알이 박혔던 쪽 어깨를 가볍게 움직여 보았다. 여전히 통증은 없었다. 상처가 아문 덕은 아니다. 총상을 입은 어깻죽지에는 피가 고여 있었다. 누나 말에 따르면 시간이 멈춘 탓이랬다. 그 증거로 누나는 소년에게 자신의 가슴에 손을 갖다 대보라고 했다.

"어때, 심장이 안 뛰지?"

사실이었다. 소년의 심장은 고요했다.

"처음엔 나도 놀랐어. 하지만 이젠 이게 나은 것 같기도 해."

소년은 이 상황이 낫다는 누나의 말을 잘 이해할 수 없었다. 하지만 지금 이 순간 시간이 좀 더 멈춰 있는 편이 나은 건 확실했다. 그래야 더는 아무도 죽지 않을 테니까.

소년에겐 가족이 없었다. 기미년, 1919년 3월 1일 만세운동 당시 가족을 모두 잃었다. 온 가족이 만세운동을 나갔다가 일본군에게 몰살당했다. 소년은 태어난 직후라 집에서 유모의 돌봄을 받는 중이라 살아남았다.

유모는 자신의 두 아들 춘일, 춘삼과 함께 소년을 키웠다. 유모는 소년과 두 아들을 차별했다. 소년은 양반이라고 소학교에 보냈지만, 춘일과 춘삼은 상것이라고 안 보냈다. 소년은 소학교에서 점심을 꼬박꼬박 챙겨 먹을 수 있었다. 같은 시각, 춘일과 춘삼은 부모를 도와 허드렛일을 하느라 점심을 거르기 일쑤였다.

춘일과 춘삼은 소년이 얄미웠다. 유모 몰래 소년을 자잘한 걸로 괴롭혔다. 한 달 전, 춘일과 춘삼은 소년을 뒷간에 빠뜨렸다. 소년은 반나절이 지나서야 유모에게 발견됐다. 소년은 똥독이 오른 탓에 일주일을 꼬박 앓았다. 이날 이후 소년은 소학교에서도 똥쟁이라고 놀림을 받았다. 최대한 깨끗하게 닦았는데도 애들은 똥 냄새가 난다고 계속 놀려댔다. 소년의 생각에는 더는 냄새가 나지 않는 것 같았으나, 애들은 놀릴 거리를 놓치지 않았다. 이제 소년은 똥쟁이란 별명을 뗄 수 없으리라.

소년은 늘 생각했다. 차라리 기미년에 부모와 함께 죽었다면 좋았을 것이라고, 어서 부모가 자신을 데려갔으면 좋겠다고, 기회가 온다면 죽어버릴 거라고 간절히 원했다.

1926년 6월 10일, 융희황제 순종의 인산일이 됐다. 이날도 소년은 혼자 덩그러니 떨어진 구석에 앉아 수업을 듣고 있었다. 애들이 똥 냄새가 난다고 야유한 탓에 아예 책상을 따로 뺀 탓이었다. 소년은 수업에 집중하지 못했다. 창밖, 먼 하늘을 바라보며 한 가지 생각만 반복하고 있었다. 죽으면 편해질 텐데. 이런 소년의 귀에 멀리서 다가오는 만세 소리가 들렸다.

"근화 신국 만세!"

근화 신국의 뜻은 알 수 없었지만 점점 커지는 고함 소리에 소년은 가슴이 두근거렸다. 만세운동이다! 기회가 왔어! 소년은 벌떡 일어났다. 선생님이 채 눈치채기도 전 쏜살같이 교실을 빠져나갔다. 이제 막 모여들기 시작한 군중들의 맨 앞줄로 뛰쳐나가 고함을 질렀다.

"조선 독립 만세!"

"근화 신국 만세!"

속으로 소년은 '날 죽여' '날 부모님께 데려다줘'라고 외치고 있었다.

얼마 안 가 일본군이 나타났다. 소년을 포함하여 1열에 선 군중에게 총칼을 겨냥했다. 소년의 가슴이 쉼 없이 뛰었다. 이제 죽을 수 있다고, 마침내 가족의 곁으로 갈 수 있을 거라고 흥분했다. 일본군은 어른부터 노렸다. 그 탓에, 소년은 죽음의 공포를 알아버렸다. 방금 전까지 자신과 마찬가지로 고함을 지르던 사람들이 힘없이 쓰러지는 것을 보며, 소년은 단 한 가지 생각만 했다.

무서워. 죽고 싶지 않아.

소년은 도망쳤다. 전심전력으로 달리다 하늘에 뜬 거대한 은빛 보름달을 발견했다. 그리고 그 아래에 있던 은달 카페로 숨어들었다가 누나를 만났다.

누나는 특이하게 세련됐다. 치마 대신 바지를 입었다. 흔히들 입는 몸뻬 같은 것이 아니라 이름조차 생소한 청바지랬다. 누나는 귀한 빵을 산더미처럼 구워 쌓아놓고는 먹지도 않는, 자기 이름을 기억하지 못하는, 뜨거운 물이 아니면 씻지 못하는, 세 끼를 꼬박꼬박 챙겨 먹어야 한다고 말하면서 정작은 자신은 끼니를 자꾸 거르는, 작은 것에도 움찔움찔 놀라는 다정한 사람이었다.

오늘 저녁은 뭘까. 소년은 또 다른 일본군의 손에서 몽둥이를 내려놓으며 생각했다. 소년은 시선을 돌려 누나를 찾았다. 누나도 마침 소년을 보고 있었다. 소년과 눈이 마주치자 양손을 활짝 들어 허공에서 흔들어 보였다. 소년 역시 그런 누나에게 손짓으로 화답했다.

"누나! 오늘 저녁은 뭐예요?"

"짜장면은 어때?"

"짜장면? 그게 뭔데?"

"모르는구나! 그럼 짜장면으로 결정!"

또 누나가 이해할 수 없는 말을 했다. 하지만 신이 나서 말하는 걸 보면, 분명 또 소년이 알지 못하는 맛있는 걸 해주려는 것이리라. 예전에도 누나는 아주 특이한 향이 나는 풀을 처음 보는 하얀 것과 함께 빵 사이에 넣어 만들어준 적이 있었다. 누나는 하얀 것을 어니언 크림치즈, 풀의 이름은 고수랬다. 둘 다 생소했지만 맛있었다. 꼬르륵. 고수모닝빵을 떠올리자마자 배에서 소리가 났다.

소년은 또 다른 일본군에게 다가갔다. 그는 손에 피 묻은 단검을 꽉 쥐고 있었다. 핏줄이 선 눈을 커다랗게 뜨고는 저 앞에 달아나는 교복 차림의 남학생을 향해 달려들다가 멈췄다. 소년은 일본군의 단검을 뺏을 셈이었다. 하지만 일본군은 아귀힘이 대단했다. 소년의 힘으로 단검을 뺏는 건 불가능했다. 나중에 누나와 함께 와서 다시 도전하는 게 나을 것 같왔다.

　기운을 너무 쓴 탓에 허기가 졌다. 소년은 옆으로 맨 가방을 열었다. 누나가 준 크로스백이라는 물건이었다. 이 가방은 모닝빵을 담아 다니기 제격이었다. 소년은 모닝빵을 하나 꺼내 먹다가 갑자기 그런 생각이 들었다.

　이걸 단검에 꽂아놓으면 어떨까?

　소년은 크로스백에서 손수건을 꺼내 단검의 피를 닦아냈다. 그리고 갖고 온 모닝빵을 단검에 꽂았다. 하나로는 부족해 두 개를 꽂았다. 소년은 빵이 꽂힌 단검을 든 일본군을 보고 웃음이 났다. 모닝빵 칼을 든 일본군은 누군가를 죽이려고 혈안이 된 게 아니라, 빵을 먹기 위해 흥분한 사람처럼 보였다. 어쩌면 그건 진짜가 될지도 모른다. 누나의 빵은 그만큼 맛있으니까. 얼결에 맛을 보고 나면 잠시 자신이 하려던 일을 잊을 수도…….

　"그래, 그거야!"

21

"자, 간다!"

그녀가 자전거의 페달을 힘차게 밟았다. 얼굴이 시뻘게지도록 안간힘을 썼다.

"할 수 있다!"

"할 수 있다!"

"파이팅!"

"파이팅!"

소년이 무심코 그녀의 말을 따라 했다가 멈추고는 그녀를 올려다봤다.

"……근데 파이팅이 뭐예요?"

"파이팅은 그러니까…… 힘내자는 뜻이야! 힘내자!"

"힘내자!"

소년은 다시 소리 지르며 리어카를 옆에서 밀었다.

그녀와 소년은 지금 자전거 뒤에 리어카를 맨 채 만세 현장으로 이동 중이었다. 이유는 단 하나, 일본군의 무기를 모닝빵으로 바꾸기 위해서.

생각해보니 모닝빵만큼 좋은 도구도 없었다. 무엇보다 좋은 건 모닝빵이 말랑말랑하다는 점이었다. 말랑말랑한 모닝빵은 권총을 꽉 쥐었던 탓에 어색하게 굳은 손에도, 칼을 든 손에도 어울렸다. 지난번처럼 단도를 너무 꽉 쥐어 빠지지 않을 땐 모닝빵을 몇 개고 칼날에 꽂아둘 수도 있었다.

오늘도 그녀와 소년은 자전거에 리어카를 매달았다. 리어카에 모닝빵을 가득 싣고 길을 나섰다. 그런데 그만 잘 가던 리어카의 타이어가 움푹 팬 구멍에 빠졌다. 그대로 움직이질 못했다. 그래서 그녀는 자전거에 타서 페달을 밟고, 소년은 리어카를 미는 중이었다.

"안 되겠다. 바꾸자."

그녀가 자전거에서 내려와 숨을 헐떡였다. 소년과 교대해 리어카 뒤에 섰다.

"자, 다시 한 번! 힘내자!"

"힘내자!"

몇 번이고 안간힘을 쓰고 나서야 구멍에 빠졌던 리어카 바퀴가 길 위로 올라왔다. 그녀가 다시 자전거의 운전대를 잡왔다. 소년은 뒷자리에 앉아 만세 현장으로 향했다.

현장에 도착하자마자 그녀와 소년은 일사불란하게 움직였다. 그녀가 무기를 뺏으면 소년이 빈손에 모닝빵을 들려주었다. 그러다 소년은 무슨 생각을 했는지 일본군의 입에도 모닝빵을 하나 물려주었다.

"시간이 움직이면 깜짝 놀라겠죠?"

소년은 연이어 또 한 명의 일본군 입에 모닝빵을 물리며 말했다.

"갑자기 입에서 빵 맛이 나니까 말이에요. 그것도 끝내주게 맛있는. 어쩌면 모닝빵 맛에 반해서 자기 나라로 돌아갈지도 몰라요!"

그녀는 소년의 말에 대꾸하지 않았다. 일제강점기가 얼마나 길고 지독하게 진행됐는지, 또 그들이 왜 한국 땅을 원했는지 알기에 이것으로 일본이 물러가는 건 불가능에 가까웠다. 만에 하나 이것이 역사에 기록된다면, 야사가 되리라. 만세운동 중 갑자기 일본군의 무기가 빵으로 변한 해프닝으로 유튜브에서 소개되리라.

"누나, 빵 또 구울 거죠?"

"뭐? 빵? 빵을 왜 구워!"

"뭘 그렇게 놀라요?"

소년이 웃었다.

"지금 빵으로 부족할 수도 있잖아요. 무기를 몽땅 빵으로 바꾸려면 더 필요할 거 같은데."

"아, 그렇지. 그러면 빵을 구워야겠지. 빵을. 일단 오늘은 이걸 다 처리하고 보자. 나머지는 그다음에 생각해도 늦지 않아."

그녀는 빵을 구울 생각이 전혀 없었다. 지난번에 소금빵을 구웠을 땐 본래의 세상으로 돌아가는 데 실패했지만 이번엔 성공할지도 몰랐다. 시간이 흐르고, 소년과 이별하게 되리라.

헤어지기 싫어.

그녀는 나날이 소년과의 이별이 힘들어지고 있었다. 엄청난 양의 빵은 쉽게 동나지 않을 것이다. 하지만 이렇듯 매일 빵을 일본군의 손에 들려주자면 곧 새로 구워야 할 날이 오리라. 그녀는 바쁘게 무기와 빵을 맞바꾸면서도 머릿속으로는 이 위기를 넘길 아이디어를 짜내고 있었다. 가까스로 떠올린 건 빵 대신 떡을 찌는 것이었다. 빵을 만든 건 레시피가 있어 가능했으나 대체 떡은 어떻게 시작할지 전혀 감이 잡히지 않았다. 떡집을 찾아 어떻게든 해볼까 고민하기 시작할 즈음, 소년이 비명을 지르기 시작했다.

"왜 그러니? 무슨 일이야?"

놀란 그녀가 소년에게 다가갔다. 소년은 대답할 수 없었다. 혼절이라도 할 듯 비명을 지르며 눈앞의 광경을 바라보고 있었다. 한 명의 중년 여성이 두 아이를 끌어안고 죽어 있었다.

사람들이 쓰러져 죽거나, 밟혀 죽은 모습을 봤을 때 그녀가 소년보다 훨씬 크게 놀랐다. 소년은 오히려 "사람 죽는 거 처음 봐요?"라며 코웃음을 치고는 "그래서 더더욱 무기를 없애야 한다고요"라며 그녀를 놀리기까지 했다. 그런 소년이 눈앞의 광경에 경기를 일으킬 듯 놀라다니, 뭔가 이상했다.

한참을 지나서야 소년의 비명이 잦아들었다. 체념에 접어든 듯 털썩 주저앉은 채 허공을 응시하며 혼잣말을 중얼거렸다.

"왜. 어쩌다가. 춘일이 형이랑 춘삼이가 왜. 이렇게."

"설마, 네 가족이니? 엄마랑 형제야?"

"가족?"

소년은 그녀의 말에 서서히 시선을 돌렸다. 죽은 이들을 바라보다가 말했다.

"가족…… 이었을까요? 가족이라고 해도 될까요?"

아리송한 말끝에 소년은 다시 울음을 터뜨렸다. 그녀가 할 수 있는 일은 소년을 꽉 끌어안아 주는 것뿐이었다.

가까스로 울음을 그친 소년은 그녀에게 그들의 이야기를 들려주었다. 기미년에 온 가족이 죽은 후 자신을 키워준 유모와 두 아들 춘일과 춘삼의 이야기.

"시간이 흐르면 어떻게 해야 하나요. 모두 죽어버렸는데 저는 누구와 살아야 하나요."

그녀는 소년이 안쓰러웠다. 소년의 눈물을 닦아주었다. 그를 꽉 끌어안으며 머리를 쓰다듬었다. 자꾸 한 가지 생각이 떠올랐다.

함께 떠나자고 하면 어떨까.

이제 소년에겐 아무도 없다. 그녀와 마찬가지다. 그렇다면 그녀와 함께 있는 게 소년에게도 좋은 일이 아닐까? 함께 가자고 하자. 그러자고 말해보자.

"누나 이야기 잘 들어. 누나는 이 시대 사람이 아니야."

그녀는 방금 전 소년처럼 자신의 이야기를 들려주었다. 어떻게 은달 카페로 왔는지, 시간이 멈춘 후 그녀가 할머니를 만난 사연과 그 후 일어난 일들, 이곳에 도착해 소년을 만난 이야기까지⋯⋯. 단, 모두 포기하고 편해지고 싶었다는 이야기는 하지 않았다. 그 이야긴 소년에게 너무 큰 충격일 것 같았다. 그녀는 이야기의 끝에 마지막으로 덧붙였다.

"나랑 같이 갈래?"

"누나랑요?"

"그래, 함께 떠나자. 내가 사는 세계로 가는 거야."

"그 세계는 어떤 곳인데요?"

"그 세계는⋯⋯."

그녀는 말문이 막혔다.

그녀의 세계. 그곳은 그녀가 죽어서라도 떠나고 싶었던 세계가 아니었던가. 아무도 믿을 수 없는, 기댈 곳 없는 세계. 하지만 소년에게 그런 사정을 이야기할 수는 없었다. 그래서 이렇게 대답했다.

"⋯⋯얼마든지 빵을 먹을 수 있는 세계야."

"그렇다면 좋아요."

소년은 유모와 그 가족들을 바라보더니 슬픈 얼굴로 말했다.

"그 전에, 모닝빵을 모두의 손에 쥐여주고 싶어요. 더는 아무도 죽지 않도록."

22

목표가 생기자 손길이 더욱 빨라졌다. 둘은 멈춰 있는 사람들의 손마다 모닝빵을 쥐여주었다. 그렇게 몇 날 며칠을 하고 나자 절대 줄지 않을 것만 같았던 모닝빵이 정말 동이 나버렸다.

"새로 빵을 구워야겠네."

"그러게요."

예전에는 빵을 굽는 게 두려웠다. 소년과 헤어질까 겁이 난 탓이었다. 이제는 달랐다. 소년과 계속 함께할 수 있다는 생각에 반죽을 하며 흥이 났다.

소년은 반죽을 적당한 크기로 뚝뚝 떼어낸 후 동그랗게 빚는 걸 도왔다. 발효를 끝낸 후 오븐을 예열했다. 소년은 예열되는 오븐을 살폈다.

"다 됐어요!"

소년이 오븐을 들여다보다가 말했다.

"자, 간다!"

그녀가 모닝빵이 가득 든 오븐 팬을 번쩍 들었다. 소년이 부지깽이로 오븐을 열자, 그녀가 오븐 팬을 잽싸게 밀어 넣었다. 이제 15분 후면 완성이다. 그 사이, 그녀와 소년은 끼니를 해결했다. 이번에도 짜장면이었다. 소년은 짜장면을 좋아했다.

"정말 은달 카페가 떠올라요?"

소년이 후루룩 소리를 내며 면발을 입에 넣고 우물거렸다.

"어떻게 그런 일이 생길 수 있을까."

"나도 여전히 믿기지가 않아."

"그러고 보니 갓 구운 모닝빵은 처음이에요. 엄청나게 맛있겠다."

"그렇게 먹고 또 먹는다고?"

"짜장 발라 먹을 거예요."

"으이구, 알뜰하셔라."

그녀가 웃으며 소년의 머리를 쓰다듬었다.

"슬슬 완성됐겠는데?"

그녀가 벽시계의 시간을 확인했다. 어느새 모닝빵이 완성될 즈음이었다. 그녀는 다 먹은 그릇을 들고 일어났다. 주방에 갖다 놓는 김에 오븐을 들여다볼 셈이었다. 그런데 주방

싱크대에 그릇을 내려놓으며 보인 창밖 풍경이 낯설었다. 눈앞에 다른 집 지붕이 보였다. 게다가 그 지붕이 점점 작아지고 있었다.

"설마!"

그녀가 소리 질렀다. 허둥지둥 계단을 올라 2층으로 향했다. 소년 역시 뭔가 이상하다는 걸 느꼈다. 짜장면을 먹다 말고 그릇을 내려놓았다. 서둘러 그녀를 따라 계단을 올랐다. 그녀는 2층 창문을 활짝 열고 밖을 바라보았다.

"무슨 일이에요!"

그녀는 한참 창밖을 바라보다가 시선을 돌렸다. 소년을 보며 어색한 미소를 지었다.

"은달 카페가 떠올랐네."

"뭐라고요!"

소년은 흥분해서 그녀를 향해 달려오려다 악, 소리를 지르며 제자리에 주저앉았다.

"왜 그러니!"

"등, 등이! 어깨가 아파요!"

"설마!"

그녀는 놀라 소년의 윗옷을 들췄다. 소년의 상처에서 피가 흐르기 시작했다. 시간이 흐르기 시작했다는 명백한 증거였다.

23

"소리가 엄청 크게 들려요."

소년이 자신의 가슴에 가만히 손바닥을 대고 말했다.

"나도 그랬어. 다시 가슴이 두근거리기 시작했을 때 지진이 온 줄 알았어."

그녀가 바람에 자꾸 흐트러지는 머리카락을 잡아 귀 뒤로 넘기며 대꾸했다.

그녀와 소년은 지붕에 나란히 앉아 모닝빵을 먹고 있었다. 역시 갓 구운 빵이 제일 맛있었다. 어쩌면 이건, 소년과 함께 모험을 떠나기 시작해서 그런 것일지도 몰랐다.

소년은 상처가 아프다면서도 지붕에 오르고 싶어 했다. 그녀는 소년의 마음을 이해할 수 있었다. 그녀 역시, 처음 카페가 하늘에 떠올랐을 때 같은 행동을 했다. 창문을 넘어 지붕에 올라와 한참 밤하늘을 올려다보며 아는 별자리를 찾았다.

하늘을 올려다보는 건 소년의 치료에도 좋았다. 피가 흐르기 시작했으니 어지간히 아플 텐데도 소년은 신기한 마음에 그 사실을 쉽게 느끼지 못했다.

한 가지 마음에 걸리는 건 높이였다. 은달 카페는 높이, 더 높이 떠오르고 있었다. 이러다가 대기층을 벗어나는 게 아닐까 싶을 정도의 수준이었다.

"누나, 우리 말고 또 집이 하늘에 뜰 수 있어요?"

소년이 한참 동안 먼 곳을 바라보다가 말했다.

"글쎄, 불가능하지 않을까?"

"그럼 저건 뭐죠?"

"뭐가 있어?"

"저기요, 저기!"

소년의 말대로 하늘에 집 한 채가 떠 있었다. 마치 누군가 집을 운전하기라도 하는 것처럼 보였다. 그녀는 하늘을 나는 집이 허공에서 자유자재로 움직이는 게 놀라웠다.

"저기요! 여보세요!"

그녀가 양손을 번쩍 들고 흔들어댔다. 하늘을 나는 집은 그녀를 눈치채기라도 한 것처럼 일직선으로 빠르게 다가왔다. 하늘을 나는 집이 다가올수록 바람이 거세졌다. 방금 전까지 가볍게 그녀의 머리카락을 어지럽히던 바람이 돌풍이 됐다. 그녀의 머리를 산발로 만들었다. 하늘을 나는 집이 바로 앞에 올 정도로 가까워지자 원인을 알 수 있었다. 그 집은 나는 게 아니라 토네이도에 휩쓸린 것이었다. 게다가 그 안에는 누군가 타고 있었다.

"헬프 미! 플리즈 헬프 미!"

양 갈래 머리를 한 외국인 소녀였다. 소녀는 개 한 마리를 끌어안고는 고래고래 소리 질렀다.

"플리즈, 헬프 미!"

"누나! 저 애가 뭐라는 거예요? 위험한 상황인 거예요?"

"자, 잠깐 내가 물어볼게! 아 유 오케이? 왓 캔 아이 두 포 유?"

그녀는 생각나는 단어를 이용해 소리를 질러댔다. 하지만 대답을 들을 틈도 없이 하늘을 나는 집과 토네이도는 은달 카페를 툭 치고 지나쳤다. 그대로 다른 방향으로 흘러갔다.

이 충돌 탓에 은달 카페는 다시 한 번 높이 솟구쳤다. 그녀와 소년은 더는 지붕에 앉아 있을 여유가 없었다. 허둥지둥 집 안으로 들어와 창문을 닫고 납작 엎드렸다.

"아, 아까 그건 뭐였을까요?"

"그, 글쎄?"

그녀는 모른다고 해놓고 노래를 흥얼거리기 시작했다. 섬 웨어 오버 더 레인보우…….

4장
공백의 48분

24

높이, 더 높이 치솟기만 하던 은달 카페는 한참 지나서야 속도를 늦췄다. 더는 떠오르지 않는 것 같다는 기분이 들기가 무섭게 어딘가에 살짝 닿는 느낌이 들었다. 그녀가 처음 소년의 시대에 도착했을 때와 비슷한 감각이었다.

"착륙했나?"

소년은 눈을 반짝이며 벌떡 일어났다. 그대로 달려서 계단을 내려갔다. 그러고는 바로 문을 벌컥 열더니 감탄했다.

"우와!"

그녀 역시 소년을 따라 문밖을 내다보았다가 놀랐다. 문밖엔 지구에서는 절대 볼 수 없는 세계가 펼쳐져 있었다.

"여긴 어디죠? 몸이 엄청 가벼워요!"

그녀는 대답 대신 넋을 놓은 듯한 표정으로 밤하늘만 바라보고 있었다. 은빛으로 빛나는 땅. 저 멀리 보이는 산맥과 크레이터. 게다가 온통 밤하늘만 보인다면 이곳은 아마도…….

"달인 것 같아. 시대는 글쎄…… 누군가를 만나야 알게 될 텐데……. 그런 일은 불가능하겠지?"

"우리가 달에 왔어요? 달이라고요?"

흥분한 소년과 달리 그녀는 심각했다.

"여기서 어서 벗어나는 게 좋겠다. 지구로 돌아가야지."

"그렇다면 빵을 구워야죠!"

"어서 빵을 굽자!"

이제 그녀와 소년은 손발이 착착 맞았다. 은달 카페로 돌아가자마자 바로 둘은 반죽을 만들기 위한 준비를 시작했다.

"이번엔 무슨 빵을 구울까?"

"모닝빵!"

"좀 지겹지 않아?"

"그렇다면 모닝빵 비슷한 빵!"

"비슷한 빵이라."

그녀는 레시피북을 꺼내 적당한 빵을 찾았다. 모닝빵과 비슷하면서도 새로운 빵.

똑똑. 얼마 가지 않아 이상한 소리가 났다. 그녀는 할머니의 레시피를 훑느라 처음엔 소리를 눈치채지 못했다. 그러자 그 소리는 다시 한 번 정확하게 났다. 똑, 똑.

"이게 무슨 소리지?"

"문 두드리는 소리 아니에요?"

그녀와 소년은 동시에 조용해졌다. 의아한 표정이 되어서 문을 바라보았다. 그러자 기다렸다는 듯 다시 한 번 노크 소리가 났다. 똑, 똑, 하고.

"손님이?"

"달인데?"

그녀와 소년은 놀라서 빠르게 문으로 다가갔다. 다시 한 번 노크 소리가 나자 천천히 문을 열었다.

문 밖에는 우주비행사가 서 있었다. 은색으로 빛나는 헬멧을 쓰고 흰색 우주복을 입은, 영화에서나 볼 법한 우주비행사였다. 우주비행사는 키가 무척 커서 그녀와 소년은 우주비행사를 한참 올려다봐야 했다.

우주비행사가 천천히 손을 움직였다. 헬멧을 벗었다. 넓고 반듯한 이마에 금발, 그에 어울리는 뚜렷한 이목구비의 남성이 얼굴을 드러냈다. 그는 헬멧을 벗자마자 "후아!" 하고 급하게 숨을 내쉬더니 알아들을 수 없는 말로 빠르게 말했다.

"뭐라고 말하는 거예요?"

"너무 빨리 말해서 잘 알아듣지는 못하겠는데…… 산소가 떨어질 뻔해서 죽다 살아났다는 것 같아. 그리고 여긴 어디냐, 우린 누구냐고 묻는 거 같아."

그녀가 더듬더듬 상황을 설명했다. 그러는 사이에도 우주비행사는 쉴 새 없이 말을 내뱉고 있었다. 그녀는 우주비행사의 말이 그치길 기다렸다가 이름을 물었다.

"후 아 유? 왓츠 유어 네임?"

"암스트롱, 닐 암스트롱."

그녀는 순간 자신이 뭔가 잘못 들었나 싶었다.

"파, 파든?"

다시 한 번 자기 소개를 부탁했으나 그의 대답에는 변함이 없었다. 그는 자신이 닐 암스트롱이라고, 미국 나사 소속 아폴로 11호의 사령관인 우주비행사 닐 암스트롱이라고 말하고 있었다.

"세상에!"

지금 그녀는 인류 최초로 달에 착륙한 인간, 닐 암스트롱을 만나버렸다.

25

닐 암스트롱은 그녀가 만들어준 아메리카노를 마시더니 눈썹 끝을 치켜올리며 고개를 크게 끄덕였다. 맛있다는 뜻 같았다.

그녀는 심각한 표정으로 그런 닐 암스트롱을 바라보고 있었다.

방금 전, 그녀는 닐 암스트롱에게 왜 은달 카페에 오게 되었는가 그 사연을 들었다. 짧은 영어 실력과 갖은 몸짓을 동원해 해석한 닐 암스트롱의 이야기는 다음과 같았다.

달에 착륙을 한 후, 동료와 함께 달의 뒷면을 탐사하던 중, 암스트롱과 동료는 둘 다 산소가 떨어지기 직전 상태가 되었다. 산소가 1분 분량도 채 안 남은 상태에서 닐 암스트롱은 은달 카페를 발견했다. 달 위에 집이라니, 닐 암스트롱은 자신이 헛것을 본다고 생각하면서도 전력으로 달려 은달 카페에 들어왔다.

그제야 그녀는 닐 암스트롱에게 일어난 일을 이해할 수 있었다. 책에서 본 적이 있었다. 닐 암스트롱은 아마 역사에도 기록된 바 있는 '공백의 48분'을 겪고 있는 모양이었다.

공백의 48분은 아폴로 11호를 타고 달에 착륙한 닐 암스트롱과 버즈 올드린이 달의 뒷면으로 간 후 교신이 끊겼던 시간을 가리킨다. 만에 하나 그들이 안 돌아온다면, 아폴로 11호에서 기다린 마이클 콜린스는 홀로 지구로 돌아갔으리라. 콜린스는 그들이 돌아오지 않을지도 모른다는 공포를 느꼈다. 그런 기다림의 시간을 가리켜 '절대적인 적막'이라는 별칭이 붙었다.

물론 그런 일은 일어나지 않았다. 역사 속에서 달의 뒷면으로 사라졌던 닐 암스트롱과 버즈 올드린은 무사히 돌아왔다.

달의 뒷면으로 향한 암스트롱과 올드린이 48분 동안 어떤 경험을 했는지는 알 수 없다. 누군가는 그들이 그곳에 소중한 물건을 두고 왔다고 주장한다. 실제 암스트롱은 이런 이야기에 힘을 실어주듯, "아폴로 11호는 달에 착륙한 적이 없다"라는 음모론을 이야기하는 사람들에게 "달에 가면 내가 놓고 온 카메라를 찾을 수 있을 것이다"와 같은 이야기를 들려주기도 했다. 하지만 그 어떤 것도 정확하지는 않다.

이제 그녀와 소년은 닐이 달의 뒷면에서 무엇을 봤는지 알게 되었다. 닐은 은달 카페에 들렀다. 그녀와 소년을 만나 도움을 청했다. 올드린과 함께 무사히 본래의 우주선으로 돌아갈 수 있도록.

그녀는 일단 자신의 가슴에 손을 갖다 댔다. 심장이 멎어 있었다. 서둘러 고개를 돌려 벽의 시계를 살폈다. 멈춘 시계가 하나 있었다. 초 단위까지 정밀하게 카운트되는 전자시계였다.

문밖은 달이다. 공기가 없다. 하지만 시간이 멈췄으니 공기는 필요하지 않다. 그냥 걸을 수 있다. 즉 암스트롱이 올드린과 함께 그냥 걸어가면 사건 해결이다.

어떻게 이 사실을 암스트롱에게 알리지?

시간이 멈췄다, 숨을 쉬어도 상관없다는 사실을 우리말도 아닌 영어로 전달하는 건 그녀에겐 너무 힘든 일이었다. 이것을 전달하는 게 옳은 일인가 하는 의문도 들었다. 역사의 패러독스와 나비효과를 떠올린 탓이다.

암스트롱의 달 착륙은 세계 역사에 남을 만큼 중요한 일이다. 그런 암스트롱이 달에서 사람을 만난다면 역사가 바뀌리라. 이 상황을 어떻게 하면 좋…….

"누나, 왜 그렇게 노려보고 있어요?"

그녀는 소년의 얼굴을 보자 정신이 퍼뜩 들었다.

"빵 만들어야죠, 빵. 손님도 왔으니."

"아, 그렇지. 빵 문제도 있었지."

갑작스러운 손님의 등장에 잠시 무슨 빵을 구울지 고민하고 있었다는 사실을 잊었다. 그녀는 다시 레시피북을 뒤적였다.

"물어볼까요?"

또 한 번, 그녀는 소년의 질문에 정신을 차렸다.

"우주비행사한테 무슨 빵이 먹고 싶냐고."

그녀는 소년의 말에 정신이 퍼뜩 들었다.

그 방법이 있었다!

그녀는 할머니의 레시피북을 품에 안고 성큼성큼 걸어가 닐의 앞에 섰다. 테이블에 탁 소리 나게 책을 내려놓고는 소리쳤다.

"저기, 실례지만……. 익스큐즈 미, 우쥬 초이스 원 오브 북?"

닐은 양손으로 머그를 잡고 아메리카노를 홀짝이던 중이었다. 미소를 띠며 커피 맛을 음미하던 그가 그대로 천천히 고개를 돌려 그녀와 책을 번갈아 본 후 "쏘리?"라고 말하는 모습은, 마치 영화의 한 장면 같았다.

"으음, 아이 캔 베이크. 이프 유 초이스 원, 아일 베이크 댓 원."

그녀는 최대한 자신이 아는 단어를 떠올려 영어로 말했고, 닐은 다행히 알아들은 것 같았다. 책을 한 장 한 장 차분하게 넘기는가 싶더니 어느 한 페이지에서 시선이 멎었다. 손가락으로 가리키며 말했다.

"디스 원."

26

역시 이건 꿈인가. 닐은 헬멧도 없이 달 위를 걷는 자신과 레이디 앤 보이, 두 동양인을 보며 생각했다. 그렇지 않다면, 어떻게 달 위에서 숨을 쉴 수 있단 말인가.

레이디는 방금 전, 닐에게 어설픈 영어로 원하는 빵을 고르라며 두꺼운 레시피북을 보여주었다. 닐은 그녀가 만들 빵이 기대됐다. 일단 커피가 아주 입맛에 잘 맞았다. 그가 딱 좋아하는 스타일의 아메리카노였다. 그러니 빵도 그만큼 잘 구울 듯했다.

뭣보다 빵이라니, 입맛에 맞지 않아도 대환영이었다. 아폴로 11호에서 내리기 직전, 올드린은 성찬식을 올렸다. 지구에서 챙겨온 만나와 술을 마셨다. 닐은 올드린이 건넨 만나를 한 입 먹은 후 온통 빵 생각만 했다.

지구를 떠나 달에 오기까지 간편식만 먹었다. 오랜 시간 훈련을 해왔기에 버틸 만했지만 만나를 한 입 먹는 순간부터 머릿속에서 빵 생각이 떠나질 않았다. 심지어 그는 달에

첫발을 내디디며 길이길이 회자할 명언을 남기는 순간에도 빵만 생각했다.

닐은 이 순간을 기념할 만한 빵을, 먹는 순간 미국을, 지구를 떠올리게 할 그런 고향의 맛을 느끼고 싶었다. 그렇게 한참 레시피북을 넘기던 닐의 눈에 마침내 그 빵이 보였다.

"디스 원!"

레이디는 닐의 말에 당황한 것 같았다. 짧은 영어 실력으로 "아 유 슈어?" 확실하냐고 몇 번을 물었다. 그러더니 보이와 심각한 표정으로 논의했다.

닐은 레이디의 반응이 의아했다. 이건 아주 쉬운 빵이다. 닐의 아내는 아침마다 재빠르게 구워 오렌지주스나 커피와 함께 아침으로 내줬다. 그런데 왜 저렇게 당황할까? 연이어 두 사람은 닐에게 자리에서 일어나라고 하더니 소리쳤다.

"고 아웃!"

닐은 두 사람이 무슨 소리를 하나 싶었다. 아까 닐은 쉬운 단어와 바디랭귀지를 총동원해서 자신의 상황을 설명했다. 닐의 산소가 간당간당하다는 건 산소탱크의 잔여량을 가리키는 바늘을 보며 설명했으니 알아들었으리라. 즉, 닐은 이대로 다시 밖에 나갔다가는 죽은 목숨이다.

"노."

닐은 단답한 후 다시 커피를 마셨다. 그나저나 커피가 너무 맛있었다. 한 잔 더 마시면 딱 좋을 것 같았다. 빈 잔을 보이며 최대한 쉬운 단어로 말했다.

"원 모어 플리즈?"

"오케이 벗!"

레이디는 닐의 빈 잔을 뺏듯이 자신의 손에 들더니 소리쳤다.

"유 캔 브레스! 아웃! 브레스! 오케이!"

레이디는 닐이 밖에서 숨을 쉴 수 있다고 말하는 것 같았다. 닐은 그녀가 무슨 소리를 하나 싶어 의아한 표정으로 웃기만 했다. 그러자 레이디는 닐의 팔을 잡고 끌어당겼다. 보이 역시 거들었다. 둘은 닐을 밖으로 끌고 나갈 셈이었다.

"노! 돈 두 댓! 으흠, 노! 노노노!"

닐은 각종 손짓과 쉬운 단어로 자신의 뜻을 전했다. 두 사람은 아랑곳하지 않았다. 오히려 닐을 어떻게든 일으키려고 안간힘을 썼다. 다행히 닐이 앉은 의자는 바닥에 고정되어 있었다. 닐은 의자를 꽉 잡은 채 버텼다. 일 대 이의 상황이었지만 닐이 이겼다. 닐이 두 사람보다 덩치가 두 배는 큰 덕이다. 마침내 두 사람은 포기했다. 의자와 닐에게서 손을 뗐다. 뭔가 대화를 나눈 후 레이디가 닐에게 말했다.

"와치! 룩 앳 어스!"

뭘 보라는 거지?

닐이 의아해할 틈도 없이 두 사람은 최대한 빠른 걸음걸이로 문으로 다가갔다. 그대로 문을 활짝 열고 맨몸으로 뛰쳐나갔다.

"노!"

닐은 거의 비명을 질렀다. 두 사람에게 일어날 일을 상상하며 눈을 질끈 감았다.

"룩 앳 미!"

그런데 레이디의 목소리가 들렸다.

"나와봐요! 어서요!"

보이의 목소리도 났다.

닐이 천천히 고개를 돌렸다. 문밖을 바라보았다.

달 표면 위, 두 사람이 살짝 뜬 채 양손을 흔들고 있었다.

"컴! 컴 아웃! 오케이! 브레스 오케이!"

널은 이 상황을 이해할 수 없었다. 하지만 눈앞의 현실은 부정할 수 없었다. 널이 자리에서 일어났다. 이성이 절대 나가면 안 된다고 말리는 것을 무시하고 문밖으로 발을 내디뎠다.

아무 일도 일어나지 않았다.

널은 숨을 쉴 수 있었다. 소리도 들렸다. 사르륵, 사륵 귓가에 연달아 들리는 모래 소리에 당황했다. 우주에는 공기가 없다. 소리가 퍼지지 않는 게 정상이다. 그런데 어떻게 소리가 들린단 말인가? 저들의 짓인가?

설마, 외계인? 그들이 달에서 살아가는 외계인이고, 널이 목숨이 위험하다는 사실을 알고 도와주려고 하는 것일지도 모른다. 하지만 그렇게 생각해도 말이 안 되는 게 있다.

어떻게 내가 우주에서 숨을 쉴 수 있지?

널은 헬멧을 쓰지 않고도 숨을 쉴 수 있었다. 게다가 자유자재로 움직일 수 있었다. 역시 이건 꿈이다. 아무리 생각해도, 이게 가장 말이 되는 것 같았다.

얼마 안 가 버즈 올드린이 보였다. 올드린은 널이 은달 카페를 보고 도움을 청하기 위해 달리기 시작했을 무렵, 발을 잘못 디뎌 반쯤 모래에 휩쓸려 파묻힌 모습 그대로 굳어 있었다.

"버즈!"

닐은 올드린의 모습에 놀라 고함을 쳤다. 생각해보니 시간이 꽤 흘렀다. 그 사이 올드린의 산소가 다 떨어졌을 가능성이 있었다. 닐은 허겁지겁 올드린에게 다가갔다. 헬멧 안 올드린의 얼굴을 들여다보았다.

올드린의 얼굴은 경악에 가득 차 멈춰 있었다. 죽은 듯했다. 닐은 함께 훈련하며 달로 떠났던 일, 달에 착륙한 후 함께 신이 나서 돌아다녔던 일을 떠올리며 슬픔에 젖었다.

"허리 업!"

두 사람은 닐을 내버려두지 않았다. 모래에 빠진 올드린을 파내며 그에게 도우라는 시늉을 했다. 닐은 두 사람의 행동을 이해할 수 없었다. 올드린은 이미 죽었다. 그런데 뭘 서두른단 말인가? 그보다는 우선 명복을 비는 게 중요하지 않은가? 외계인들은 죽음을 모르는 건가? 닐은 이 생각을 어떻게 표현해야 할지 알 수 없어 그냥 두 사람의 말을 따를 뿐이었다.

셋은 힘을 합쳐 모래에 파묻힌 올드린을 파냈다. 그 후 두 사람은 올드린의 양팔을 각기 잡고 어깨동무를 한 채 앞서 걸어가기 시작했다.

닐은 처음엔 그들이 은달 카페로 돌아가려고 하는 줄 알았다. 두 사람은 달에서 숨을 쉴 수 있다. 닐 역시 그들과 다니자 숨을 쉬고, 소리도 들을 수 있었다. 그러니 올드린을 살려낼 묘안이 있을 가능성이 높았다. 닐은 희망이 샘솟았다. 그런데 두 사람이 가는 방향이 예상과 달랐다. 두 사람은 은달 카페와 반대쪽으로 향하고 있었다. 방향감각을 잃은 건가? 닐은 갑갑한 마음에 두 사람의 앞을 가로막았다. 최대한 쉬운 단어와 바디랭귀지로 자신의 뜻을 전했다.

"노! 디스 웨이! 데얼! 고 유어 홈!"

레이디는 닐의 말에 그만큼 쉬운 단어로 답했다.

"노 홈! 아폴로 일레븐! 고 위드 올드린! 아폴로 일레븐!"

닐은 단번에 레이디의 말을 알아들었다. 두 사람은 올드린을 아폴로 11호로 데려다주려는 것이었다. 외계인들은 사람을 되살리는 법은 모르는 모양이다. 어떻게든 올버린과 함께 돌아가라고 도와주겠다는 뜻이리라. 닐은 두 사람의 따뜻함에 가슴이 뭉클했다. 이것으로 올드린의 가족을 볼 면목이 생겼다. 닐은 외계인을 따라 발을 서둘렀다.

달의 앞면에 진입했다. 여기서부터는 닐도 돌아가는 길을 알았다. 이제는 혼자 갈 수 있었다. 두 외계인도 그런 사실을 눈치챈 것 같았다.

"하우 롱? 아폴로 일레븐? 하우 머치 타임?"

아폴로 11호까지 얼마나 시간이 걸리느냐고 묻는 것 같았다. 닐은 답했다.

"원 아워."

두 외계인은 닐의 말을 듣더니 "굿 럭, 위 고"라고 말한 후 온 길로 돌아가기 시작했다. 닐은 돌아가는 그들의 뒷모습을 잠시 바라보는 것으로 감사의 마음을 전하고는 올드린을 등에 맨 채 뛰듯이 걸었다.

27

닐은 아폴로 11호에 도착했다. 아폴로 11호는 있었던 자리에 기억하던 모습 그대로 있었다. 닐은 올드린을 업은 채 안에 들어갔다.

"콜린스, 내게 일어난 일을 들으면 깜짝 놀랄 거야."

닐은 신이 나서 떠들며 콜린스를 불렀다.

콜린스가 대답이 없었다. 닐은 콜린스가 자신들이 사라졌던 시간 동안 무척이나 고독해서 그런 게 아니었을까 생각했다. 그래서 농담이라도 하나 해줘야겠다고 생각하며 말했다.

"외계인은 동양인이야."

여전히 콜린스는 대답이 없었다. 그제야 닐은 아폴로 11호 내부가 지나치게 조용하다는 사실을 깨달았다. 공기가 없는 달처럼 아폴로 11호는 아무런 기계음도 내지 않은 채 적막에 휩싸여 있었다.

닐은 혼란스러웠다. 기계 고장이라도 난 것인가 싶어 공포에 질렸다. 무언가 잘못되었다는 사실을 깨닫고 콜린스에게

다가가려고 한 순간, 소란스러움이 돌아왔다. "허억!" 하고 급하게 숨을 들이마시는 소리도 났다.

"닐!"

방금 전까지 숨도 쉬지 않던 올드린이 놀란 표정을 풀고 닐을 바라보고 있었다. 다시 한 번 놀랐다는 표정으로 말했다.

"닐? 어떻게 우리가 여기에 왔지? 우리한테 무슨 일이 일어난 거야?"

"설마, 외계인들이……."

"외계인? 무슨 외계인?"

어리둥절해하는 올드린을 보며 닐은 아서 클라크의 말을 떠올렸다. 극도로 발달한 과학은 마법과 구별할 수 없다…….

28

닐과 헤어진 후, 그녀와 소년은 최대한 서둘러 은달 카페로 돌아왔다. 바로 중력이 정상으로 돌아왔다.

"왜 심장이 안 뛰는데 숨이 찰까요?"

소년의 말은 그녀가 늘 궁금한 점이기도 했다. 심장이 멈췄다. 폐 역시 작동하지 않기에 달 위에서 아무 무리 없이 움직일 수 있다. 그런데 왜 이렇게 헐떡이는 걸까.

"설마, 이것도 기분 탓?"

그녀는 또 혼잣말을 한 후 가만히 자신의 숨소리에 귀를 기울였다. 집중하며 천천히 호흡하자, 얼마 안 가 전혀 숨이 차지 않았다. 기분 탓인지, 아니면 시간이 흘러 더는 숨이 차지 않는 것인지는 알 수 없었지만.

그녀와 소년이 주방으로 향했다. 닐이 고른 할머니의 레시피를 바라봤다. 이제 닐이 주문한 빵을 구우면 된다. 두둥실 떠올라 달을 떠나면 모두 해결이다. 그런데 닐이 고른 빵은 팬케이크였다.

은달 카페가 이동을 하려면 빵을 구워야 한다. 오븐으로 굽는 빵이 다른 시간과 장소로 은달 카페를 이끈다. 그런데 닐이 고른 건 하필 팬케이크, 프라이팬에 구워 먹는 빵이었다.

"닐 암스트롱이 시간이 멈춘 걸 눈치채면 어쩌지! 다른 빵을 구워볼까? 하지만 실패하면 어떻게 하지? 내가 아는 빵은 거의 없는데? 역시 나 혼자서는 안 될 것 같아. 할머니, 저 어떻게 해요?"

"누나, 전부터 말해주고 싶었는데…… 혼잣말이 좀 심한 것 같아요. 지금은 더 심해졌고요."

소년의 말에 그녀는 자신이 순간 패닉 상태에 빠졌다는 걸 깨달았다.

"일단 팬케이크를 구워봐요! 닐이 원하는 빵이니 구워줘야죠! 그다음에 다른 빵을 구워도 괜찮아요!"

늦지는 않겠지. 다만, 닐 암스트롱이 시간이 멈췄다는 사실에 혼란을 느껴 미쳐버릴지 모를 뿐이다. 그 탓에 역사가 달라지면 어쩌면 좋은가

……모든 게 엉망이 되겠지.

우울한 마음의 속삭임이 찾아왔다.

……다 망쳐버릴 거야. 모든 게 다 내 탓이야.

"누나? 왜 그래요?"

소년이 그녀를 불렀지만 그녀는 대답할 수 없었다. 너무 오랜만에 찾아온 우울감에 혼란이 심해졌다. 순간 넋이 나간 사람처럼 꼼짝도 할 수 없었다.

"괜찮아요, 누나!"

소년이 그녀의 손을 잡았다. 소년의 손은 갓 구운 빵처럼 따듯했다.

"잘 안되면 다른 빵을 구우면 되죠! 모닝빵! 모닝빵을 또 구워요, 우리!"

그녀는 소년의 손에서 할머니의 따듯함을 느꼈다. 소년의 목소리에 점점 기운이 솟았다. 마침내 목소리가 나왔다.

"……그래, 실패하면 또 구우면 되지."

"그럼요! 또 구우면 되죠! 뭐 어때요!"

"그, 그래! 일단 팬케이크를 구워보자."

그녀는 팬케이크를 굽기 위해 재료를 준비했다. 순식간에 반죽을 만들었다. 가스레인지의 불을 올렸다. 프라이팬을 놓고 데워지길 기다렸다가 버터를 녹였다. 반죽을 부었다. 얼마 안 가 익숙한 고소한 냄새가 났다. 한쪽 면이 모두 구워졌다는 신호였다. 그녀가 팬케이크를 뒤집었다. 노릇노릇하게 구워진 팬케이크가 모습을 드러냈다. 이제 반대쪽까지 비슷하게 구우면 완성이다.

"냄새가 너무 좋아요."

소년이 코를 킁킁거렸다.

"레시피에 따르면 완성 후 버터 한 조각과 메이플 시럽을 뿌려 먹으면 완벽하대."

"어서 먹고 싶다. 먹고 나서 우리, 은달 카페를 타고 이동할 방법을 생각해봐요."

소년이 웃었다. 행복이 전염되는 미소였다. 그녀는 소년처럼 활짝 웃은 후 팬케이크를 뒤집개로 들었다. 바로 옆에 놓인 접시로 놓으려는 순간, 살짝 기우뚱하면서 팬케이크가 접시의 정중앙이 아닌 가장자리에 놓였다. 그런데 또 다음 순간, 반대 방향으로 기우뚱하는가 싶더니 팬케이크가 움직여 접시의 정중앙으로 돌아왔다. 낯익은 감각이었다. 그녀와 소년은 예전에도 이런 경험을 한 적이 있었다.

"설마?"

그녀와 소년은 후다닥 움직여 창밖을 내다보았다. 예상대로였다. 창밖 풍경이 달라지고 있었다. 은달 카페가 달에서 떠올라 지구로 향하고 있었다.

29

1971년, 닐 암스트롱은 한국에 방문했다. 여러 사람을 만났고, 여러 대담을 했다. 그런 그에게 누군가 이런 질문을 했다.

"당신은 달에서 UFO를 만났습니까?"

닐은 UFO는 못 만났다며 그의 말을 일축할 셈이었다. 그렇게 입을 열기 직전, 구름 떼처럼 몰려들어 자신의 답을 기다리는 한국인들에게 시선을 돌렸다. 호기심 어린 표정으로 자신을 바라보는 한국인들의 모습에서 닐은 오래전 달에서 만난 두 외계인을 떠올렸다.

달의 뒷면에서 우연히 발견한 집, 그곳에서 닐은 동양인 레이디와 보이로 보이는 외계인을 만났다. 외계인들은 닐에게 커피를 대접했다. 커피가 끝내줬다. 두 동양인은 레시피북을 펼치며 먹고 싶은 빵을 고르라고 했다. 닐은 팬케이크를 골랐다. 그런데 두 동양인은 팬케이크를 주지 않았다. 대신 닐과 함께 달을 달려 곤경에 빠진 올드린을 구해줬다.

물론, 꿈이다. 어찌나 생생했던지, 한동안은 구별하지 못할

지경이었다. 하지만 이제는 꿈이란 걸 확신한다. 말도 안 되는 일이니까. 어떻게 우주에 지적 생명체가 존재한단 말인가? 닐은 대담 상대에게 "UFO는 존재하지 않는다"라고 말을 할 셈이었다. 그런데 닐은 말을 이을 수 없었다. 이 말을 하기 직전 군중 속에서 발견한 한 할아버지의 얼굴 탓이었다.

그는 어딘지 모르게 달에서 만난 외계인 소년과 닮은 얼굴을 하고 있었다. 닐은 입을 열다 말고 정지했다. 뚫어져라 노인의 얼굴을 바라보았다. 꿈이 아니었단 말인가? 정말 우주인이 존재한단 말인가? 노인은 닐의 마음을 읽기라도 한 듯 살짝 웃더니 고개를 끄덕였다. 닐은 한참의 망설임 끝에 마이크에 대고 천천히 말했다.

"저는 UFO를 믿지 않는 사람들을 실망시키고 싶지 않군요."

그렇게 말하는 닐의 시선은 여전히 할아버지에게 꽂혀 있었다.

5장
사과나무 꼭대기

30

"저게 우리가 사는 지구라고요?"

"으응."

그녀는 작게 대꾸하며 머리 위를 바라보았다. 소년은 우주에서 빛을 발하는 지구에 흠뻑 빠져 있었지만 그녀는 심란했다.

달라졌다고 생각했는데…….

그녀는 새삼 자신에게 실망했다. 상식에서 벗어난 삶을 시작했으니 고정관념에서 벗어난 줄 알았으나 아니었다. 반드시 오븐으로 구워야만 집이 떠오르리라고 단정하고 있었다.

예전의 그녀였다면 지금 이 순간, 또 다 포기하고 싶어졌으리라. 하지만 은달 카페는 시공간을 자유롭게 넘나드는 집이었고, 그녀에겐 긍정적인 생각으로 가득 찬 여행의 동반자 소년이 있었다. 우울한 속삭임이 들리면 가만히 손을 잡아주는 소년 말이다.

"어, 저기 멀리 뭐가 다가오는 것 같아요."

소년이 눈썹 위로 손을 쳐들고 눈을 게슴츠레하게 떴다. 그녀도 월우를 따라해 멀리 내다보았다.

"화살표……? 아, 새다!"

철새 떼가 화살표 모양의 편대를 이루며 날고 있었다. 얼핏 보아도 수백 마리는 되어 보이는 새는 모양을 흐트러뜨리지 않고 은달 카페를 향해 일직선으로 다가왔다.

"와, 너무 멋진데요?"

"그러게, 나도 이런 광경은 처음이야."

그녀와 월우의 감탄은 새 떼가 은달 카페를 덮치기 전까지였다. 철새 떼의 행로는 은달 카페도 예외가 없었다. 철새 떼는 갑작스럽게 폭격하듯 은달 카페 곳곳을 스치고 날았다. 이 탓에 은달 카페가 균형을 잃었다. 좌우로 흔들렸다. 그녀와 소년은 놀라 서로 꽉 끌어안은 채 주저앉아 비명을 질렀다.

그간 그녀는 수없이 다양한 죽음의 방식을 상상해왔다. 그 중에 추락사는 없었다. 그것도 하늘에 두둥실 뜬 집 위, 철새 떼에 부딪치는 바람에 떨어져 죽는 일은 더더욱 없었다. 그녀가 갖은 생각을 하는 사이에도 은달 카페는 급속도로 떨어지고 있었다. 쾅 하고 둔탁한 느낌이 왔다. 은달 카페가 뭔가에 부딪친 것 같았다. 이제 그녀는 은달 카페가 하늘을 나는 비행기에 충돌했다고 해도 믿을 수 있었다.

"사과나무예요! 사과나무에 걸렸어요! 우린 살았다고요!"

소년은 벌써 일어나 창밖을 내다보고 있었다. 그녀 역시 벌떡 일어나 창밖을 내다봤다. 정말 집이 사과나무에 걸렸다. 달도 뜨지 않은 어두운 밤, 은달 카페가 사과가 잔뜩 달린 나무 사이에 아슬아슬 걸쳐 있었다.

"사, 살았어! 진짜 살았어!"

"은달 카페는 정말 대단해요!"

그녀와 소년은 신이 나서 서로 얼싸안으며 제자리서 방방 뛰었다.

창밖에서 불길한 소리가 났다. 빠지직 같기도 하고 뿌지직 같기도 한 나뭇가지가 부러지는 소리와 동시에 다시 한 번 은달 카페는 추락했다. 지면과 가까워 그나마 다행이었다. 그녀와 소년은 아무 데도 다치지 않았다.

"아, 아무튼 살았으니 됐죠."

"그, 그렇지?"

거의 동시에 창문 깨지는 소리와 함께 어린아이의 비명이 들렸다. 그녀와 소년은 바로 계단을 타고 올라갔다. 2층 바닥에 한 아이가 엎드린 자세로 쓰러져 있었다. 흰 저고리에 검은 치마, 단발머리, 대여섯 살밖에 안 되어 보이는 작은 여자아이였다.

"괜찮니?"

놀란 그녀가 아이를 일으켜 안았다. 동시에 아이의 품에서 사과 몇 알이 쏟아졌다. 치마에는 방금 전 딴 듯한 잘 익은 사과가 가득했다.

"우리 탓일까요? 건물과 부딪친 충격으로 사과를 따다 나무에서 떨어졌을까요?"

"일단 침대에 눕히자."

그녀와 소년은 여자아이를 안아 침대로 옮겼다. 아이에게 이불을 덮어준 후 손으로 얼굴을 만져 머리카락을 넘기고

먼지를 털어주었다. 주변을 두리번거리더니 바닥에 떨어진
사과를 모두 주워 아이 옆에 놓았다.

　그녀와 소년은 여자아이가 깨어나길 기다리며 옆에 앉아
가만히 바라보았다. 보면 볼수록 사랑스러운 여자아이였다.
단발머리에 창백한 피부의 소녀, 그리고 붉은 사과…… 백설
공주 같았다.

31

달도 뜨지 않는 밤, 그녀가 사과밭을 걷고 있었다. 처음엔
몰랐지만 얼마 가지 않아서 사과나무 사이로 난 길을 발견
했다. 일하는 사람들이 오가는 길이 아닐까 싶었다. 그녀는
길을 따라 발을 옮기며 좌우를 살폈다. 푸른 나뭇잎 사이사
이 루비처럼 열린 사과는 어두운 밤에도 빛나고 있었다. 그
녀는 바로 하나를 골라 먹고 싶었지만 참았다. 백설과 함께
은달 카페에 떨어진 사과도 아직 많았다.

그녀는 아이에게 백설이란 별명을 붙여주었다. 이보다 더
잘 어울릴 이름은 없을 듯했다. 생김새 탓이 아니다. 아직도
잠들어 있는 탓이다. 시간이 지나도 아이는 깨어나지 않았
다. 그녀는 아이의 가슴에 손을 갖다 대보았다. 심장이 뛰지
않았다. 그건 곧 시간이 멈췄다는 뜻, 이번 은달 카페의 손님
은 이 아이란 뜻이었다.

백설은 겉으로 드러나는 상처는 전혀 없었으나 깨어나지
못했다. 내상이 있을 수 있다는 뜻이었다. 소년은 총상이었

기에 그녀가 치료할 수 있었으나 의식불명 수준의 내상이 있다면 상황이 심각하다. 의사의 도움이 필요한 상황이다. 그녀가 소년에게 이 사실을 전했다.

"가족이 많이 걱정할 텐데……."

소년은 자기 일처럼 아이를 걱정했다. 유모와 두 아들을 떠올린 듯했다. 그녀도 백설을 떠올리면 가슴이 무거워졌다. 그녀가 착지를 잘못했기에 백설이 의식불명이 된 것 같았다.

사과밭을 통과하는 흙길을 빠져나가자 숲의 입구였다. 이곳에서 길이 양 갈래로 갈라졌다. 그녀는 돌아갈까 고민하다가 좀 더 탐험해보기로 마음먹었다.

숲을 마주 보고 왼쪽 길로 들어섰다. 얼마 안 가 뜻밖의 광경을 목격했다. 숲길이 이어지던 중간, 갑작스레 좌우로 밭이 펼쳐졌다. 그 앞에는 작은 초가집도 있었다. 그녀는 이 초가집이 백설의 집일까 호기심이 일었다.

보는 사람이 있을 리 없고 있더라도 시간이 멈춘 세계에서는 문제가 생길 리 없는데도 그녀는 발소리를 죽여 살금살금 다가갔다.

초가집은 텅 비어 있었다. 사람이 살지 않는 듯 살림살이가 전혀 없었다. 그녀는 다시 초가집을 나섰다. 길 반대편 밭을 둘러볼 셈이었다. 어쩌면 밭 뒤편에도 인가가 있을지 모른다.

반대편 밭으로 발을 들이자마자 기시감이 들었다. 이 밭의 형태가 낯이 익었다. 얼마 안 가 그녀는 이게 단순한 기분 탓이 아니란 사실을 깨달았다. 밭 뒤에 무덤 몇 개가 있었다. 그리고 이 무덤 뒤에는 목을 매달기에 딱 알맞을 나무가 몇 그루 서 있었다.

그녀의 시작점으로 돌아왔다.

이곳에서 목을 매달지 않았다면 은달 카페에 갈 수도, 시 공간을 떠돌다가 소년을 만나는 일도 없었다. 달에 가서 죽을 뻔한 닐 암스트롱을 만날 일도, 우연히 사과나무에서 떨어진 백설을 만날 일도 없었다. 그녀는 배밭이 예전엔 사과 밭이었다는 사실을 깨닫고 놀라워하다가 은달 카페에 들른 사람들의 공통점을 깨달았다.

"……우린 모두 죽을 뻔한 사람이잖아?"

그녀는 자살을 하려고 했다. 소년은 총에 맞아 죽을 뻔했고, 닐 암스트롱은 산소가 얼마 남지 않은 상태였다. 백설 역시 마찬가지다. 추락을 하는 바람에 그 충격으로 정신을 잃었다. 말 그대로 생사의 기로에 서 있다.

"은달 카페는 죽을 뻔한 위기를 겪은 사람만 발견할 수 있는 곳인가? 빵을 구우면 죽음의 위기에 처한 손님을 구하러 가는…… 앰뷸런스?"

그녀는 자신이 깨달은 사실을 소년에게 알려주고 싶었다. 달리듯 온 길을 돌아갔다. 숲을 지나 사과밭을 가로질러 은달 카페에 도착했다. 문을 열고 뛰쳐 들어가 2층으로 향하는 계단을 올라갔다. 다락방으로 고개를 삐죽 내밀고는 소리쳤다.

"내가 지금 엄청난 걸 알아……."

그녀는 끝까지 말할 수 없었다. 소년이 백설의 손을 잡은 채 침대에 얼굴을 푹 묻고 있었다.

"모두 죽었어. 모두가 죽어버렸어…… 너는 그러면 안 돼. 제발, 너는 그러지 마……."

여행을 시작한 후, 소년은 단 한 번도 우울한 모습을 보이지 않았다. 그런데 소년이 울고 있었다. 백설의 손을 잡고 울먹이며 죽지 말라고 말하고 있었다.

"월우야, 너……."

소년이 그녀의 등장에 놀라 몸을 벌떡 일으켰다.

"아, 누 누나 왔어요!"

"너, 괜찮니?"

"괜찮죠! 안 괜찮을 게 또 뭐야! 아, 이거? 운 거 아니에요. 눈에 뭐가 들어가서. 나, 나 갑자기 하늘을 좀 보고 싶네!"

소년은 당황해서 횡설수설하더니 후다닥 2층 창문 밖으로 나가버렸다.

그녀는 예상치 못한 광경에 경직되어 계단에 그대로 서 있다가 가까스로 정신을 차렸다. 천천히 계단을 올라가 백설의 얼굴을 빤히 바라보았다.

왠지 더 창백해 보여.

시간이 멈췄다. 더 나빠질 리 없다. 그런데도 소년의 애처로운 목소리를 들을 탓인지 백설의 얼굴에서 핏기가 더욱 가신 것만 같았다.

이대로 두면 어떻게 되는 걸까. 이 아이는 죽게 되는 걸까.

32

    지붕으로 나간 소년은 불시착한 사과나무 가지에 올라탔다. 멈춰버린 밤하늘에 시선을 고정한 채 아이답지 않게 쓸쓸한 표정을 짓고 있었다.

    그녀가 창문 밖으로 나갔다. 양팔을 들어 균형을 잡으며 사과만큼 붉은 기와지붕 위를 걸어 소년의 곁으로 다가갔다.

    "뭐하니?"

    "여기서 보면 멋지거든요."

    소년은 한 손에 들고 있던 사과를 입에 문 채 양손을 툭툭 털었다. 그녀에게 손을 내밀었다. 그녀가 소년의 손을 잡았다. 소년의 손은 평소보다 훨씬 차가웠다. 아까 한참 운 탓일까.

    그녀는 소년처럼 사과나무 가지에 설 엄두는 나지 않았다. 대신 옆에 털썩 주저앉았다. 소년이 손 잡히는 대로 사과 한 알 뚝 떼어냈다. 옷소매로 대충 닦아 그녀에게 건넸다. 그러고는 먹다 만 사과를 마저 해치웠다.

"많이 힘들어?"

"제가 뭐가 힘들겠어요. 힘든 건 백설이지."

"그런가……."

"누나, 우리가 뭔가 해야 하지 않을까요? 병원에 백설을 데리고 간다든가 하는 건 어때요?"

"나도 생각을 안 해본 건 아니야. 하지만 병원에 데려가더라도 모든 게 멈춘 상태잖니."

"그러니까 제 말은, 병원에 백설을 데려간 후 시간을 움직이자는 말이에요. 그러면 되잖아요."

"그게 말처럼 쉽게 될까? 우리가 병원에 백설을 데려다 놓고 돌아와서 카페를 움직이는 건 가능해. 하지만 그다음은? 병원에서 갑자기 백설이 나타나면 의사들은 그를 무시할 수도 있어. 누군가 상황을 설명하고 백설에게 바로 조치를 취해줄 사람이 필요해."

"그럴 사람이 있잖아요."

"무슨 소리야, 그게. 누가 그걸 해?"

"저요."

"뭐? 네가?"

"누나가 빵을 구워 은달 카페를 띄울 동안, 제가 병원에 백설이랑 같이 가면, 시간이 돌면 백설이가 어떤 상황인지 말하면 어떻게든 되지 않을까요?"

"월우야, 지금 무슨 말을 하는지 알고 있니? 백설은 깨어나지 않을 거야. 시간이 멈추는 순간 의식불명이 됐으니까. 그건 곧 네가, 네가……."

나랑 헤어진다는 뜻이야.

그녀는 차마 뒷말을 이을 수 없었다. 이 말을 하는 순간 소년이 그럴 셈이라고 말할 것만 같아서 그녀는 시선을 피했다.

"그, 그만 들어가자. 춥다. 너 손 차가운 것 좀 봐."

"누나."

"더 있을래? 그럼 나 먼저 들어갈게."

그녀가 급히 나뭇가지에서 내려왔다. 허둥지둥 지붕을 걸었다.

"누나."

소년이 그런 그녀를 불렀다.

"누나!"

그녀는 빠르게 발을 놀려 창문으로 몸을 넣었다.

"내가 가야 해요!"

소년이 소리 질렀다.

"내가 가야 백설이를 살릴 수 있다고요!"

그녀는 못 들은 체했다.

33

실랑이가 이어졌다. 소년은 그녀를 볼 때마다 떠나야 한다고 말했고, 그때마다 그녀는 소년을 피했다. 자꾸 딴청을 부리며 아무것도 들리지 않는 체했다. 이런 일이 일주일이 넘게 지속되자 소년은 더는 참지 않았다.

"나, 떠날 거예요. 내일 정말! 떠날 거라고!"

그녀는 이 말도 모르는 체했다. 그녀가 모르는 체하면 소년이 떠나지 않을 것만 같았다.

그녀는 늘 그랬다. 이별을 견디지 못했다. 도서관의 마지막 날에도 그랬다. 그녀는 환송회를 해주겠다는 동료들의 제안을 거절했다. 정확히는 거절조차 흐지부지했다. 퇴근 시간이 되자 말없이 가버렸다. 뒤에서 그녀를 부르는 소리가 났지만 못 들은 체했다.

다음 날이 되었다. 그녀는 조마조마한 마음으로 주방에 서 있었다. 소년이 그녀에게 무슨 말을 하든 꿈쩍도 안 할 셈이었다. 삐걱 계단 소리가 났다. 소년이 내려오는 모양이었다.

그녀는 살짝 고개를 돌렸다가 놀랐다.

"너, 너 지금 뭐 하는 거니?"

소년이 백설을 등에 업은 채 계단을 내려오고 있었다.

"말했잖아요. 오늘 떠난다고."

"가지 마. 가면 안 돼."

그녀가 소년의 앞을 가로막았다.

"떠나면 안 돼. 그럴 수는 없어."

"누나, 그런 사람이었어요? 사람이 죽어가는데 그냥 내버려두는?"

소년은 단호했다. 그녀를 옆으로 밀치고 문으로 다가갔다. 다시 그녀가 문 앞을 막아섰다.

"돈은? 의사는 어떻게 구하게?"

"가보면 어떻게든 되겠죠."

"넌 아이야. 백설이도 아이고. 너희 둘 말을 누가 들어주겠어?"

"어떻게든 될 거예요."

소년이 그녀를 밀치고 문을 열었다. 밖으로 나갔다.

그녀는 갑갑했다. 이대로 소년을 떠나게 둘 수는 없었다.

하지만 소년은 완전히 마음을 먹은 듯했다.

소년은 은달 카페 뒤편으로 향했다.

"정말 갈 거야? 정말 가는 거야?"

그녀는 전전긍긍하며 소년의 뒤를 따랐다.

"간다고 했잖아요."

카페 뒷편으로 간 그녀는 크게 놀랐다. 못 보던 자전거에 리어카까지 매달려 있었다. 리어카에는 이미 이불도 깔려 있었다. 그녀는 소년의 철저한 준비를 보고 다시 한 번 놀라기도 하고 슬프기도 했다. 소년이 리어카에 깐 이불에 백설을 눕혔다. 자전거에 올라탔다.

"나 없다고 밥 굶지 마요. 혼잣말 좀 적당히 하고."

멋대가리 없는 마지막 인사였다.

"정말 가는 거야? 갈 거야?"

"간다니까요."

"그럼 큰 병원, 큰 병원으로 가렴. 경성. 세브란스. 서울대 병원. 아냐, 이 시대엔 이름이 다른가. 하루. 아니 이틀. 이틀 기다릴게. 그 후에 은달 카페를 띄울게."

"나 빨라요. 금방 갈 거예요."

"내가 불안해서 그래. 혹시 모르잖아."

"알았어요. 그럼 이틀."

씩 웃더니 소년이 페달을 밟았다. 처음에는 리어카의 무게에 적응하느라 속도가 잘 안 나는 것 같았으나 얼마 안 가 점점 빨라져 시야에서 사라졌다.

그녀는 소년이 멀어지는 게 아쉬웠다. 계속 그 자리에 서서 손을 흔들었다. 딱 한 번, 한 번이라도 소년이 뒤를 돌아본다면 당장 달려가 돌아오라고 말할 셈이었다. 그게 아니라면 자신도 함께 가겠다고, 병원에 백설을 데려다 놓고 돌아가자고, 우리는 아직 안 가본 곳이 너무 많지 않냐고 설득할 셈이었다. 하지만 그런 일은 일어나지 않았다. 소년은 뒤를 돌아보지 않았다.

소년이 더 멀어졌다. 이제는 보이지 않았다. 하필 밤에 시간이 멈춘 탓이었다. 그녀는 후다닥 은달 카페에 들어갔다. 2층으로 올라가 다락 창문을 넘었다. 지붕 위에 서서 소년과 백설을 찾았다. 여전히 소년은 뒤를 돌아보지 않았다.

소년이 또 멀어졌다. 더 높은 곳이 필요했다. 그녀는 사과나무에 올랐다. 사과나무 가지에 올라서는 건 무서웠지만 소년을 보기 위해서라면 참을 수 있었다. 여전히 소년은 뒤를 돌아보지 않았다. 그녀는 더욱 높이, 높이, 사과나무를 올라 탔다. 거의 꼭대기까지 올라가 다시 소년이 간 방향을 내다 보았을 때, 소년은 점보다 더 작은 존재로 변해 어둠 속에 완 전히 묻혀 있었다.

그녀는 주변이 너무 어두워서 소년이 뒤를 돌아봤는데도 놓쳤을 거라고, 어둠 탓에, 사과나무를 오르는 탓에, 소년이 뒤를 보며 후회하는 광경을 못 본 게 분명하다고 생각했다.

허겁지겁 사과나무를 내려갔다. 당장 달려가 소년에게 함 께 경성에 가자고 할 셈이었다. 그러다 발을 헛디뎌 은달 카 페 지붕으로 떨어졌다. 지붕을 데굴데굴 굴러 2층 창문으로 들어와 바닥에 쓰러졌다. 의식을 잃었다.

34

다시 깨어났을 때, 그녀는 처음 백설이 은달 카페에 추락했을 때와 같은 포즈로 쓰러져 있었다.

그녀는 새삼 백설의 이름을 따온 동화《백설공주》를 떠올렸다. 백설공주는 왕자를 만나 행복해졌다. 하지만 남은 일곱 난쟁이는 어땠을까. 왕자가 한 거라곤 잠에 든 백설공주를 우연히 보고 키스한 것밖에 없다. 그런데 백설공주는 왕자와 키스를 하자마자 벌떡 일어나더니 난쟁이들에게 작별을 고했다. 왕자와 떠나 해피엔딩을 이뤘다.

"아, 난쟁이는 일곱이었지……. 외롭지 않아서 그냥 보내줬을 수도."

이제 어떻게 할지 아무 생각도 나지 않았다. 그녀는 졸렸다. 백설 때문에 요즘 그녀와 소년은 바닥에 요를 깔고 생활했다. 일단 잠을 자는 게 좋을 것 같았다.

그녀가 침대에 올라갔다. 모로 누웠다. 폭신한 베개에 머리를 파묻었다. 이불을 머리끝까지 덮고 눈을 질끈 감았더니 뒤늦게 울음이 터졌다. 처음에는 숨죽여 울다가 후에는 소리 내 울었다. 그러다 뚝 울음이 그쳤다. 얼마 후, 가늘게 코 고는 소리가 방 안을 가득 채웠다.

35

다시 깨어났을 때, 그녀는 얼마나 시간이 흘렀는지 알 수 없었다. 그녀는 두려웠다. 몇 날 며칠을 잤을까 봐, 그 탓에 소년이 너무 오랜 시간을 기다렸을까 봐, 자신을 원망했을까 봐 무서웠다. 후다닥 계단을 내려갔다. 가장 먼저 확인한 건 벽시계였다. 마지막으로 봤을 때에서 여섯 시간이 지났다.

"설마 하루를 넘게 잔 건 아니겠지?"

말도 안 되는 소리라고 여기면서도 안 좋은 쪽으로만 생각이 흘렀다. 어떻게 시간의 흐름을 확인할지 고민하며 제자리를 빙빙 돌다가 발효를 하려고 나무볼에 담아둔 반죽을 떠올렸다. 시간이 너무 지났다면 반죽이 엉망이 됐으리라.

그녀가 나무볼의 면포를 벗겼다. 반죽은 먹음직스럽게 발효가 되어 있었다. 길어야 두세 시간밖에 지나지 않았다는 뜻과 같았다. 그녀는 안심했다. 이제 남은 건 단 하나, 하루를 더 기다렸다가 백설이 좋아할 만한 빵을 만들어 정해진 시간에 은달 카페를 띄우는 일뿐이었다.

할머니의 레시피를 펼쳤다. 차례차례 손을 넘기며 백설이 원할 법한 빵을 찾았다. 그녀는 소년과의 추억을 떠올렸다. 소년이 그녀가 만든 빵이 맛있다고 한 순간, 함께 달 위에서 춤을 추듯 걸어 다닌 순간, 철새 떼의 습격을 받은 순간, 사과밭에 불시착한 순간……. 시간으로 따지면 얼마 안 된 사이 일어난 이 모든 일이 아득히 먼 옛날의 일, 아니 아예 일어난 적조차 없는 꿈 같았다.

모든 것이 헛되다는 기분이 들자 다시 눈물이 났다. 어린아이처럼 소리 내 엉엉 울었다. 죽으려고 결심했을 때조차 울지 않았건만, 대체 왜 눈물이 그치지 않는지 알 수 없었다. 눈물이 레시피에 떨어졌다. 글자가 번졌다. 놀란 그녀는 울음을 멈추지도 못하고, 그렇다고 책장을 넘기는 것 역시 포기하지 못해 한 손으로 눈물을 훔치며, 다른 한 손으로는 책장을 넘겼다. 그러다가 한 페이지에서 시선이 멈췄다.

사과꽃파이

장미꽃을 닮은 사과파이였다. 만드는 방법도 간단했다. 파

이 시트를 만든다. 그 위에 장미 이파리를 한 잎 한 잎 붙인
다. 장미 이파리는 사과로 만든다. 사과를 반으로 쪼갠다. 씨
가 있는 중신 부분을 자른 후 도마에 놓고 일정한 두께로 얇
게 자른다. 이걸 설탕에 절인 후 말랑말랑해지면 밑 준비 완
료. 장미 이파리를 시트지에 반씩 겹치게 자리 잡힌다. 사과
잼을 시트지와 장미 이파리 사이에 겹겹이 칠한 후, 시나몬
가루를 골고루 뿌려 돌돌 말면 완성. 그녀는 단숨에 기분이
좋아졌다. 신이 나서 고개를 돌려 옆을 바라보며 물었다.

"백설이는 이걸 좋아하지 않을까? 어떻게 생각해?"

평소였다면 소년의 대답이 돌아왔으리라. 분명 뭔가 그럴
듯한 답을 해줬을 테지만 이번엔 달랐다. 소년은 떠났다. 그
녀의 곁은 텅 비어 있었다. 그녀는 다시 얼굴이 굳었다. 아무
도 없다. 또 혼자가 됐다. 그녀는 다시 눈물이 날 것 같은 표
정이 됐다. 언제나 이렇게 돼. 결국 난 혼자가 되지. 그녀는
한참 우울한 생각에 빠지다가 고개를 절레절레 저었다.

"지금은 이럴 때가 아니야."

책을 내려놓고 자신의 손으로 왼뺨을 때리며 소리쳤다.

"정신 차려!"

그래도 눈물이 나려고 하자 이번엔 오른뺨을 때렸다. 얼얼함과 함께 눈물이 쏙 들어갔다.

그녀는 우울함을 달래기 위해 밤 산책에 나섰다. 자전거를 타고 주변을 배회했다. 도시의 흔적은 전무했다. 상전벽해, 사과밭이 훗날 배밭이 되었듯 대부분의 땅은 논과 밭이었다. 얼마 안 가 그녀는 이번 시대를 알아냈다. 평평시, 예전 명칭인 평평읍사무소를 찾아낸 덕이었다. 읍사무소 벽에 달력이 걸려 있었다. 1945년 11월 2일, 광복 후 3개월이 흐른 시점이었다. 그녀는 무척 기뻐 큰소리로 "대한 독립 만세!"를 외치다가 어이가 없어 웃었다. 더불어 소년 역시 이 사실을 알았을지, 그녀처럼 뒤늦게 만세를 연호했을지 궁금해졌다.

36

다음 날, 그녀는 간단하게 요기를 한 후 사과꽃파이를 준비했다. 사과를 설탕에 절이고, 파이 시트를 만들고, 그 위에 사과를 이파리처럼 적당히 배치한 후 돌돌 말아 미리 버터를 발라놓은 머핀 틀에 넣어주는 과정이 자연스레 흘렀다.

그녀는 오븐을 켰다. 그 앞에 쭈그리고 앉아 알맞은 온도로 덥혀지길 기다렸다.

"잘 도착했을까."

그녀의 마음엔 걱정과 염려만 가득했다. 처음 그녀는 병원에 가도 일본군이 소년과 백설을 들여보내주지 않을까 걱정했다. 하지만 이젠 광복이 되었으니 그럴 일은 없을 듯했다. 다음 걱정은 백설의 병이 어느 정도로 위급하냐는 점이었다. 무사히 병원에 도착했어도 이 시대의 의술로 고칠 수 없다면 도로 아미타불이다. 또, 병원비는 어떻게 한단 말인가. 그녀는 한없이 소년을 걱정하다가 조금 지나면 다 괜찮아질 거라고 자신을 다독였다. 그렇게 하지 않았다가는 다시 우울해질 것만 같았다.

오븐이 충분히 데워졌다. 그녀는 사과꽃파이가 담긴 머핀 틀을 오븐에 넣었다. 빵이 노릇노릇하게 구워지기를, 은달 카페가 두둥실 떠오르기를 기다렸다.

사과꽃파이가 구워지는 시간, 30분. 정확히 시간이 지난 후, 그녀는 이제는 익숙해진 손동작으로 오븐을 열었다.

사과꽃파이가 머핀 틀 위에서 탐스럽게 피어났다.

할머니의 레시피에는 사과꽃파이의 겉으로 드러난 봉오리 부분에 사과 껍질이 보이도록 하라고 적혀 있었다. 왜 그렇게 만들라고 한 걸까 싶었는데, 굽고 보니 알았다. 사과 껍질 부분의 붉은 빛이 굽고 나자 반짝거렸다. 그 위에 설탕물을 입히자 보석처럼 빛났다.

"너무 예쁘다!"

그녀는 한 입 깨물어 먹어보았다. 설탕물을 입힌 사과꽃파이의 꽃잎은 탕후루처럼 아삭하면서 달콤했고, 빵은 페이스트리처럼 바삭했다. 달콤함과 잘 어우러진 시나몬 향이 온몸 가득 퍼지면서 우울감이 가셨다. 그녀는 이제 소년과 백설에 대한 긍정적인 생각을 할 수 있었다. 그녀는 이 사과꽃파

이처럼 백설이 무사히 깨어났기를, 핏기 없는 창백한 얼굴에
홍조가 돌아왔기를 간절히 바랐다.

6장
기자 구보 씨의 찰나

37

사과꽃파이는 지금껏 그녀가 구웠던 그 어떤 빵보다도 우아하게 은달 카페를 띄웠다. 은달 카페는 구름 위로 올라가지 않았다. 그녀는 은달 카페가 구름 아래서 천천히 움직이는 만큼 이동하는 시간대도 현재와 별 차이가 없길 바랐다.

그녀의 소원은 이루어진 듯했다. 은달 카페가 땅에 착륙했을 때, 바깥 풍경이 낯익었다. 고개를 돌리니 동아일보 사옥이 보였다. 저 멀리 광화문이 보이는 것도 같았다. 사람들은 한복과 양복을 적당한 수준으로 섞어 입고 있었다.

그녀는 자신이 온 시대가 부디 1945년에서 가깝기를, 소년과 백설을 재회할 수 있기를 바랐다. 시대를 확인하려면 일

단 손님이 와야 한다. 그녀는 창문 밖을 내다 보며 혼잣말을
반복했다.

"누군가 제발 와주세요. 제발, 어서……."

그녀의 말을 알아듣기라도 한 듯 길을 가던 남자가 고개
를 휙 돌렸다. 실크해트에 나비넥타이, 양복을 아래위로 쫙
빼입고는 엉덩이에 신문을 꽂은 젊은 남자였다. 남자는 은
달 카페를 뚫어져라 쳐다보더니 종종걸음으로 다가왔다. 은
달 카페에 가까워질수록 남자의 얼굴은 점점 더 붉게 일그
러졌다. 문 바로 앞에 섰을 땐 한 손으로 가슴을 부여잡으면
서 다른 한 손으로는 은달 카페의 문손잡이를 꽉 잡았다. 그
런데 바로 열지 못했다. 열려고 하는 순간 인상을 잔뜩 쓰며
양손으로 가슴을 쥐고는 그대로 문에 기대듯 쓰러졌다.

"괜찮으세요!"

그녀는 놀라서 벌컥 문을 열었다. 그와 동시에 젊은 남자
가 그녀의 품에 미끄러졌다. 그녀는 젊은 남자의 무게에 당
황해 함께 뒤로 넘어졌다. 남자에게 안겨 누운 자세가 되는
바람에 어쩔 줄 몰라 뻣뻣하게 굳어버렸다.

"후아!" 하고 젊은 남자가 크게 숨을 내쉬었다. 손바닥으로

땅을 짚고 벌떡 일어나며 소리 질렀다. 양복 윗도리 가슴께에 꽂힌 행커치프를 꺼내더니 얼굴의 땀을 꼼꼼하게 눌러 닦으며 말했다.

"죽는 줄 알았네!"

남자는 그녀를 일으켜 세워줄 생각이 전혀 없었다. 그녀는 제힘으로 일어났다. 약간 화가 나서 말했다.

"어. 서. 오. 세. 요."

한 음절 한 음절에 힘이 꽉 들어갔다.

"아, 이런. 제가 실례를 했군요, 마드무아젤."

"마, 마드무아젤?"

"제 소개를 하죠."

남자는 정해진 대사를 내뱉는 희극배우 같은 태도로 양복 윗도리 가슴 안주머니에서 명함 한 장을 꺼내 보였다. 그걸 그대로 주지 않고는 굳이 다른 손 검지와 중지 사이에 끼워 그녀에게 건넸다. 자신의 모습이 멋있어 보인다고 생각한 행동 같았으나 그녀의 눈에는 어설퍼 보이기만 했다. 그녀는 손이 닿는 것조차 껄끄러워 젊은 남자가 준 명함을 조심스레 손끝으로 쥐어 살폈다.

"구, 구보라고요?"

"그렇습니다! 동아일보 삼년차 취재기자 구보올시다!"

구보는 그녀의 말에 외국인처럼 어깨를 으쓱이며 말했다.

그녀는 "말도 안 된다고요!"라는 말이 금방이라도 튀어나오려는 걸 애써 참았다. 그도 그럴 것이, 구보는 소설가 박태원이 만든 캐릭터가 아닌가.

역시 이 모든 게 꿈인가.

계속 의심해왔다. 시간이 멈추다니, 카페가 하늘에 뜨다 못해 달로 날아가다니, 시공간을 이동하다니, 이런 말도 안 되는 일이 어떻게 일어나겠느냐고, 뭔가 이상하다고, 이 모든 건 죽기 직전 본다는 주마등일 지도 모른다고…… 아니, 어쩌면 이미 죽었을지도 모른다고, 저승으로 가는 길일지도 모른다고. 그게 아니라면 어떻게 소설 속 등장인물이 은달 카페에 나타난단 말인가?

"저기, 마드무아젤? 괜찮으십니까? 아까부터 아무 말씀도 안 하고 계시는데요?"

"아, 아니에요. 아무것도 아니에요."

그녀는 구보가 불안한 표정으로 말을 걸고 나서야 정신을 차렸다.

"그, 그보다 구보…… 씨?"

"네, 말씀하십시오! 마드무아젤!"

"지금이 언제인지 여쭤도 될까요?"

"언제? 아, 시간!"

구보가 손목을 들더니 부담스러울 정도로 번쩍이는 금시계를 들여다보며 말했다.

"언제나 정확한 시간을 보여주는 제 로올-렉스에 따르면, 오후 두 시 삼 분이군요!"

"시간 말고, 연도와 날짜는요?"

"연도와 날짜! 그거야 기자인 제가 정확히 알고 있습죠! 1945년 12월 4일올시다!"

이 모든 게 꿈이라고 하더라도, 자신이 마음을 준 소년이 존재하지 않는 인물일지도 모른다고 생각해도 이 순간만큼은 안심했다. 소년이 떠나고 한 달밖에 안 된 시점이었다.

"구보 씨는 경성…… 서울이라고 부르려나요? 아무튼, 시내를 잘 아시지요?"

"물론이죠! 저는 튼튼한 두 발로 걸어 다니는 게 취미이자 특기올시다."

"그렇다면 연세 세브란스도 아시지요? 절 좀 안내해주시겠어요?"

"아픈 사람이라도 있습니까?"

"네, 그런데 찾을 수 있을지는 확실치 않아요."

"얼마든지요, 마드무아젤."

구보는 싱긋 웃더니 자신의 팔을 내밀었다. 그녀에게 팔을 잡으란 뜻이었다.

"드레스를 입은 여성에게는 팔을 빌려드려야…… 아, 드레스가 아니군요."

구보는 그녀의 티셔츠와 청바지에 멈칫했다. 그녀는 부드럽게 웃으며 말했다.

"정중히 거절할게요."

"뭐, 어쨌든 가보시죠!"

구보가 신이 나서 문을 활짝 열었다가 제자리에서 펄쩍 뛰어올랐다.

"이, 이게 뭐야!"

길을 걷는 모든 사람이 정지되어 있었다. 그녀에겐 익숙한 풍경이었으나 구보에겐 청천벽력 같은 일이었으리라.

"아, 설명을 드렸어야 했는데……. 지금 시간이 멈췄답니다."

"시간이 멈추다니요?"

"구보 씨는 방금 전 심장마비가 왔었답니다. 죽을 뻔했지만, 시간이 멈춘 덕에 살아나셨어요."

"자꾸 말이 안 되는 소리 하지 마십쇼, 마드무아젤!"

"심장에 살짝 손을 갖다 대보시겠어요? 그러면 제 말이 옳다는 걸 알게 되실 거예요."

구보는 미심쩍은 표정으로 심장에 손을 갖다 댔다가 이내 눈이 휘둥그레졌다. 그녀를 놀라 바라보며 입만 뻐끔거렸다.

"잘 이해가 안 되시죠? 하지만 정말 그 일이 일어났어요. 시간이 멈췄고, 우리는 이렇듯 시간과 시간 사이를 걸을 수 있게 된 거랍니다."

"마, 마드무아젤. 당신은 누굽니까? 귀신입니까?"

"귀신이라뇨."

그녀가 웃었다.

"전 그냥, 시간여행자일 뿐이에요. 정확히는 멈춘 시간만 여행할 수 있는 조건형 시간여행자일 뿐이죠."

38

구보는 그녀에게 묻고 싶은 게 많았다. 대관절 어떻게 시간을 여행하게 된 건지, 여행하는 시간은 늘 멈춰 있기만 한 건지, 그러면 본래 있던 시간대는 언제인지, 혹시 시인 이상을 만난 적은 있는지, 만났다면 어떤 이야기를 나눴는지, 이 나라는 어떻게 될지……. 하지만 머릿속이 복잡해서 조리 있게 말을 할 수 없었다. 그게 구보의 가장 큰 약점이었다. 쉽게 머릿속이 복잡해진다는 것, 말을 잘 못한다는 것, 마음먹은 것처럼 글이 써지지 않는다는 것.

혼란에 빠져도 걷는 건 잘했다. 경성 시내만큼은 눈 감고도 지름길을 찾을 수 있었다. 얼마 되지 않아 세브란스 병원에 도착했다. 평소 사람들이 웅성대는 이곳 역시 오늘은 고요하기 짝이 없었다. 사람들은 세브란스 병원의 입구를 통과하는 모습 그대로 멈춰 있었고, 복도에는 이동 침대가 달리다 멈췄는가 하면, 심각한 표정으로 대화를 나누는 환자며 의사들이 가득했다.

구보는 현실을 인정할 수 없었다. 대체 어떻게 시간이 멈춘 단 말인가? 그녀는 적응 중인 구보를 내버려두고 성큼성큼 걸어 2층으로 향했다. 입원실의 환자며 보호자들의 얼굴을 일일이 확인하며 소년과 백설을 찾았다.

"없어. 둘 다 없어."

"누굴 찾으십니까? 도와드려요?"

"한 달이 지나서 그런 걸까. 혹시 다른 곳에 갔을까."

"누굴 찾으시는데요? 저한테 말해보세요."

그녀는 뒤늦게 그의 존재를 깨달은 듯 흐릿해 보이기까지 하는 검은 눈동자에 힘이 돌아왔다.

"이월우. 11월 2일 밤에 응급환자를 데리고 왔을 거예요. 자신은 없지만 아마도⋯⋯."

"그렇다면 원무과로 가봐야죠. 병원엔 모든 기록이 남기 마련입니다. 자, 이쪽으로."

그녀는 불안한 표정으로 구보를 따라 원무과로 이동했다. 구보와 그녀는 흩어져 입퇴원 수속 기록을 찾았다. 얼마 지나지 않아 구보가 먼저 기록철을 찾발견했다.

"아까 며칠이라고 하셨죠?"

그녀는 구보의 말에 답이 없었다. 그녀는 기록을 찾다 말고 오늘 자《동아일보》에 골몰하고 있었다.

"마드무아젤……?"

그녀가 반응했다. 안 그래도 큰 눈을 더 크게 뜨고는 구보를 가만히 바라보다가 말했다.

"저, 부르셨어요?"

"기록철을 찾았습니다! 말씀하신 입원 일자와 시각이 언제라고 하셨죠?"

"아, 11월 2일요! 11월 2일 11시 23분이에요!"

"정확합니까?"

"확실해요! 지금 이 순간이 12월 4일 오후 2시 3분이듯이 확실하다고요!"

구보는 그녀의 말에 고개를 크게 끄덕인 후 기록을 살폈다. 얼마 안 가 구보는 그녀가 말한 시각 즈음 응급실로 실려온 환자의 기록을 찾아냈다.

"백설이라는 다섯 살 아이가 응급실에서 실려왔었네요. 하지만 폐기흉으로 숨졌고요."

"그럴 리 없어요!"

그녀는 구보의 말을 믿을 수 없었다. 구보의 손에서 기록철을 빼앗아 들여다보며 소리 질렀다.

"이곳에서 진료를 받고, 처치를 받아 살았을 거라고요!"

그녀는 이제 거의 울먹였다.

구보는 그녀가 대체 왜 이러는지 알 수 없었다. 이월우라는 인물이 누구이기에, 그와 함께 온 환자에게 어떤 사연이 있기에 이렇게 우는 걸까.

"괜찮으십니까, 마드무아젤?"

구보가 조심스레 말을 걸어왔다. 그녀는 입을 막고 괜찮다는 손시늉을 했다. 무너질 듯한 자기 자신을 달랬다. 백설이 죽은 후 소년이 어떻게 지냈는지 알려면 마음을 다잡아야 했다.

"구보 씨, 죄송하지만 조금 더 절 도와주시겠어요?"

"아, 하지만 시간이…… 저는 이제 회사로 돌아가야 합니다. 기사를 써야 하니까요."

"동아일보사로요?"

"네, 저는 삼년차 기자니까요."

"죄송하지만…… 동아일보 삼년차 취재기자 구보, 정말일까요?"

"네?"

"제가 방금 전 우연히 사흘 전 신문을 발견했는데 말이죠."

그녀가 오늘 자《동아일보》를 펼쳐 보이며 말했다.

"동아일보, 12월 1일 자로 복간이라고 적혀 있던데요. 지난 오 년간 폐간 상태였다고요. 그런데 구보 씨는 삼년차 취재기자시다…… 좀 이상한 것 같아요. 그때는 동아일보가 존재하지 않았을 텐데 말예요. 뭣보다 제가 알기로 구보는 소설가 박태원의 소설 속 주인공일 텐데……. 본명이실까요?"

"구보입니다! 제 스스로에게 붙여준 이름이라고요!"

"그럼 본명은……?"

"……구개동입니다."

개동…… 개똥…… 확실히, 개명을 하고 싶은 이름이긴 했다.

"구개동 씨."

"구보라고 불러주세요!"

"……알겠어요, 구보 씨. 저는 구보 씨가 가짜 기자라고 뭐라고 하려는 게 아니에요. 다만 좀 도와주셨으면 해요. 저는 사람을 찾아야 해요. 월우와 백설, 두 아이에게 무슨 일이 있었는지 알아내고 싶어요."

"저한테 뭘 어떻게 하라는 겁니까?"

"어디든 가까운 경찰서…… 경찰서로 데려다주세요. 월우를 찾아야 해요."

"월우? 그게 누굽니까?"

"구보 씨가 좋아하는 빵이 뭐예요?"

"네?"

"빵요. 좋아하는 빵이 뭐냐고요."

"단, 단팥빵입니다."

"단팥빵이라……. 도전해볼게요."

구보는 적당한 자전거의 운전대를 잡았다. 그녀는 자전거의 뒷좌석에 앉았다. 구보는 그녀에게 자신을 끌어안으라 했으나, 그녀는 정중히 거절했다. 구보는 아쉬워하며 자전거를 출발했다.

그는 소설 속 구보처럼 경성 시내를 잘 알고 있었다. 헤매지 않고 십 분 만에 서울 중부경찰서로 향했다. 중부경찰서는 지금으로 따지면 명동이나 충무로 어디쯤인 듯했다.

평소의 그녀라면 겁을 먹었겠지만, 오늘은 달랐다. 백설이 죽었다는 사실이 어지간히 충격적이었다. 그녀는 닥치는 대로 들어가 서랍을 열고 서류를 뒤졌다. 구보 역시 그런 그녀를 도왔다.

얼마 안 가 구보가 서류를 찾았다.

"이월우라는 아이를 발견했습니다. 그런데……."

구보의 목소리가 불길했다. 그녀는 떨리는 손을 내밀었다. 구보가 그녀에게 조심스레 서류를 건넸다. 서류를 본 그녀의 표정이 곧 굳었다.

"월우가…… 죽었다고요?"

"안타깝게도……."

그녀는 구보의 말을 끝까지 들을 수 없었다. 그대로 까무러친 탓이었다.

39

그녀는 거의 실려 가듯 구보의 자전거 뒤에 타서 은달 카페에 도착했다. 구보는 매우 걱정스러운 표정으로 그녀를 부축해 은달 카페에 들어섰다. 2층 침대에 그녀를 눕혀주며 물었다.

"괜찮습니까, 마드무아젤? 제가 좀 곁에 있을까요?"

그녀는 대답하지 못했다. 시체처럼 창백해진 낯빛으로 천장만 바라보았다.

"그럼 좀 쉬십시오. 이월우 군의 일은…… 유감입니다."

구보는 모자를 벗어 다시 한 번 애도의 뜻을 표한 후 조심스레 계단을 밟아 내려갔다. 그녀는 구보의 멀어지는 발소리를 들으며 멍청히 천장만 바라보았다.

본래의 그녀였다면 그런 구보를 잡았으리라. 지금 구보가 떠났다가는, 그녀가 이대로 빵을 구워 시간이 흐르기 시작한다면, 구보의 목숨은 일촉즉발이다. 구보를 응급실로 데려다줘 목숨을 구하게 해야 한다. 하지만 이제 아무래도 상관

없었다. 백설과 소년, 모두 죽었는데 구보를 살리는 게 뭐가 중요하단 말인가. 그래봤자 죽을 거라면 왜 노력한단 말인가.

잠시 잊고 있었다. 그녀가 왜 은달 카페에 오게 되었는지, 어쩌다가 시간여행을 떠나게 되었는지. 모두 본래 육체로 돌아가기 위해, 죽기 위해서였다. 백설과 소년의 죽음은 그녀를 우울한 현실로 돌려보냈다.

그녀는 한참 침대에 누워 있다가 천천히 일어났다. 뭔가에 홀린 사람처럼 계단을 내려와 1층 주방에 서서는 재료를 꺼냈다. 이 행동엔 아무 의미도 없었다. 그녀 자신도 대체 왜 이러는지 알 수 없었다. 혼란스러움에 빠져 묵묵히 반죽을 치댈 뿐이었다.

어떻게 시간이 갔는지 알 수 없었다. 정신을 차렸을 때엔 어느새 빵 성형까지 끝난 단팥빵 생지가 놓여 있었다. 이대로 구우면 다시 시간이 흐르리라. 은달 카페는 또 어딘가로 떠나리라.

"이게 제가 먹을 단팥빵인가 보죠?"

다시 구보가 나타났다. 게다가 그 손에는 그녀가 구운 게 아닌 다른 단팥빵이 들려 있었다.

"단팥빵······?"

그녀는 목멘 소리를 냈다. 구보는 그녀에게 한 손에 든 종이 봉투를 내밀었다. 그 안에는 단팥빵이 한 개 더 들어 있었다.

"제가 좋아하는 시장 단팥빵입니다."

그녀는 생소한 기분으로 단팥빵을 손에 들었다. 시장 단팥빵은 일반적으로 알던 단팥빵보다 훨씬 큼지막했다. 반으로 잘라보니 빵 부분이 매우 적은 대신 팥소가 듬뿍 들어 있었다. 그녀는 한 입 베어 물어 먹어보았다. 단팥빵의 팥소가 그녀가 예상한 것보다 훨씬 달지 않아 담백하고 맛있었다.

"맛있어요."

그녀는 순식간에 단팥빵의 반을 모두 먹어 치웠다. 그러다 체한다는 구보의 말을 들은 체 만 체하고는 나머지 단팥빵을 가만히 바라보았다.

지금껏 그녀는 여행을 하며 자신이 구운 빵만 먹어왔다. 베이킹은 어디까지나 본래의 세계로 돌아가기 위한, 좀 더 멀리 보자면 죽기 위한 과정에 불과했다. 그렇기에 남이 굽는 빵을 먹을 생각을 해본 적이 없었다. 생각해보면 그녀는······

늘 남을 위해서 빵을 구웠다. 생초콜릿은 할머니를 위해, 소금빵은 차월우를 위해, 모닝빵은 소년을 위해, 팬케이크는 닐 암스트롱을 위해, 사과꽃파이는 백설을 위해…… 그리고 지금 이 단팥빵은 구보를 위해 굽고 있었다. 자신이 어떤 빵을 좋아하는지, 무엇을 먹고 싶은지는 스스로 한 번도 물어보지 않았다.

행복해질 생각이 없었기 때문이다. 그녀에게는 행복이 사치라고 생각했기 때문에, 시간이 흐르고 나면 다시 모든 걸 포기할 것이라 여겼기 때문이었다. 그녀는 늘 그랬다. 자신을 위해 무언가를 하는 건 너무 창피한 일 같았다. 당당하게 원하는 일을 했다가는 주변에서 눈치를 줄 것 같아서, 폐를 끼칠 것 같아서, 주변 사람들이 좋아하는 걸 좋아한다고 말해야 한다고 생각했다.

"마드무아젤? 괜찮으세요?"

"나는 왜 이렇게…… 자신에게 야박할까."

그녀는 눈물이 났다.

"괜찮으세요? 물 좀 드려요?"

그녀가 꾸역꾸역 울면서 나머지 단팥빵을 먹어치웠다. 구

보는 몇 번이고 그녀에게 뭔가 마시면서 먹으라고 했지만 그
녀는 말을 듣지 않았다. 목이 메는 단팥빵의 맛을 오롯이 기
억해두고 싶었다.

40

그녀가 단팥빵을 모두 먹었다. 크게 숨을 몰아쉰 후 구보에게 단호한 표정으로 말했다.

"병원으로 가세요."

"병원이라뇨?"

"당신은 심장마비 직전 은달 카페로 들어왔어요. 시간이 멈춘 덕에 살 수 있었죠. 그러니 어서 병원으로 가세요. 시간이 흐르자마자 바로 처치를 받아야 살 수 있어요."

"하, 하지만 빵은. 저 단팥빵 안 주셨는데."

"어휴, 빵이 목숨보다 중요하세요?"

"네, 빵은 중요하죠. 단팥빵인데요. 단팥빵이 얼마나 맛있는데요."

구보의 어린애 같은 말에 그녀가 어이없는 웃음을 터뜨렸다.

"알았어요. 방법을 생각해볼게요. 일단 어서 병원에 가세요. 알았죠?"

"네, 알겠습니다."

구보가 은달 카페를 나섰다. 그녀는 그런 구보의 뒷모습을 향해 손을 흔들어 보인 후 다시 오븐 앞에 섰다. 단팥빵 생지를 오븐 안에 넣었다. 빵이 구워지길 기다리며 소년을 흉내 내며 말했다.

"괜찮아. 다 잘될 거야."

마음이 따듯해졌다. 마치 소년이 곁에 있는 것 같았다.

익숙한 느낌이 왔다. 은달 카페가 떠오르는 감각이었다. 그녀는 오븐을 열고 단팥빵을 꺼냈다. 아까 구보가 놓고 간 종이봉투에 단팥빵을 담아서는 문을 열고 밖을 내다봤다.

은달 카페가 떠오른다. 경성의 시간이 흐른다. 이제 은달 카페는 남산을 향해 움직인다. 그녀는 은달 카페의 방향을 가만히 지켜보다가 세브란스 병원이 가까워졌다 싶었을 즈음 단팥빵이 든 종이봉투를 떨어뜨렸다.

7장
운수 좋은 날

41

지나치게 더운 날이었다. 인력거꾼 김 씨는 움직이지 않는 발을 억지로 전진시켰다. 이를 악물고 걸었지만 손님은 만족하지 않았다.

"여기까지 가세. 이건 원, 속도를 못 내잖나."

인력거에 탄 일본인 손님은 김 씨보다 몸집이 두 배는 컸다. 툴툴거리며 인력거에서 내리더니 얼마 안 가 반대편에서 달려온 인력거에 몸을 실었다. 그 인력거는 새것에다 인력거꾼 역시 올해 서른여덟을 먹은 김 씨보다 훨씬 젊고 덩치가 좋아 보였다. 전쟁으로 경성에 전차와 버스 운행이 띄엄띄엄해지자 너도나도 인력거를 몰기 시작했다.

"예전에는 나도 저치처럼 달릴 수 있었는데⋯⋯."

김 씨는 부러운 눈으로 혼잣말을 했다. 그와 거의 동시에 또 심한 기침이 나왔다. 김 씨는 혹여 누가 볼까 두려워 손수건으로 입을 가렸다.

지독한 기침과 함께 피가 섞여 나왔다. 집에서 푹 쉬는 게 옳았으나, 노총각에 봉놋방 신세를 지고 있는 김 씨에겐 몸을 편히 누워 쉴 집도, 돈도 없었다. 치료를 받으려면 돈을 벌어야 한다. 하지만 김 씨는 각혈 후 나날이 체력이 줄고 있었다. 그렇기에 모든 게 도돌이표일 뿐이었다.

김 씨는 한숨을 쉬며 다시 인력거를 끌고 걸었다. 마음 같아서는 뛰고 싶지만 발이 너무 무거웠다. 뜨거운 햇빛과 타는 듯한 목의 갈증 탓이었다.

어떻게든 이 갈증이 가신다면 좋겠다. 저승사자라도, 귀신이라도 상관없으니 누군가 만나고 싶다.

그렇게 생각할 무렵, 김 씨는 헛것을 보았다. 파란 하늘에 커다란 은빛 보름달이 떠 있었다. 게다가 그 밑에는 2층 양옥집이 있었다. 문이 열렸다. 아무 표정이 없는 여성이 나타났다. 검정 원피스를 입은 고귀한 신분으로 보이는 여성은

김 씨를 향해 손을 흔들고 있었다. 마치 이리로 오라고 부르
듯이.

김 씨는 뭔가에 홀린 듯 여성을 향해 다가갔다. 여성의 발
치에 닿는 순간, 다시 한 번 명치를 찌르는 심한 통증이 오면
서 각혈했다. 그대로 여성의 발치에 쓰러졌다.

여성은 김 씨를 끌어 집 안으로 들였다. 김 씨는 집에 들어
서자마자 통증이 사라지며 숨이 트였다. 이런 김 씨에게 여
성은 얼음이 가득 든 시꺼먼 물을 대접했다.

"드세요."

"고, 고맙습니다."

김 씨는 여성이 주는 검은 얼음물을 먹자 힘이 불끈불끈
솟았다. 정신이 번쩍 들어 주변을 둘러보았다. 지금 보니 이
곳은 흔히 말하는 다방이 분명했다. 김 씨 같은 인력거꾼이
드나들 수 있는 곳이 아니었다.

김 씨가 조심스레 말했다.

"쇤네가 돈이 없는데…… 요것은 귀한 것이지요?"

"괜찮습니다. 안 그래도 인력거가 필요했거든요. 절 좀 도
와주시겠어요?"

"쉰네는 보시다시피 뼈다귀가 다 드러나도록 부실합니다…… 급하시면 다른 꾼을 소개해 올릴까요."

"아닙니다, 선생님으로 충분합니다."

"선, 선생님이라니. 마님, 말씀 낮추셔요."

김 씨는 상것이다. 양반들은 김 씨를 하대한다. 나이가 많고 적음, 성별과 상관이 없다. 존댓말을 하면 김 씨는 불편하고 불안하다.

그녀는 그런 김 씨를 두고 먼저 다방을 나섰다. 김 씨 역시 그런 그녀를 따르다가 아까는 보지 못했던 입간판을 발견했다.

카페 은달

갓 구운 빵과 커피를 팝니다.

◉ 하늘에 은달이 뜨는 날에만 열어요!

김 씨는 글을 읽을 줄 몰랐다. 그냥 글자만 흘깃거리다가 인력거를 끌고 길을 나섰다.

얼마 안 가 김 씨는 자신의 몸이 평소보다 훨씬 가볍다는 사실을 깨달았다. 손님을 태우고 달리고 있는데도 전혀 숨이 차지 않았다. 기침도 없었다. 귀신에 홀린 기분이라고 생각하다 보니 방금 전 얻어먹은 검은 얼음물이 떠올랐다.

어쩌면 그 검은 얼음물이 만병통치약인 것일까?

김 씨는 마님을 원하는 곳에 모시고 간 후, 다시 한 번 검은 물을 얻어먹는다면 참 좋겠다고 생각하며 걸음에 박차를 가했다.

42

그녀가 지금 인력거꾼의 안내를 받아 경성을 도는 건 아무 의미가 없었다. 그저 시간을 때우는 일, 그 이상도 그 이하도 아니었다.

소년과 백설이 죽었다는 사실을 안 후로 다시 우울한 속삭임이 시작됐다. 우울함에 깊이 빠질 때면 아무것도 못 하다가 시간이 멈추면 정신을 차렸다. 누군가 은달 카페에 들어오면 잠시나마 그녀는 온전한 마음을 되찾을 수 있었지만 그들이 가고 나면 다시 우울함이 돌아왔다. 오늘도 그녀는 인력거꾼이 은달 카페의 문을 열기 전까지는 멍청히 앉아 있었다.

"마님, 어디를 찾으십니까?"

한참 달리던 인력거꾼이 그녀에게 말을 걸었다. 그녀는 다시 우울로 잠식해가던 마음을 추스르며 대답했다.

"죄송하지만, 저도 잘 모르겠어요."

"잘 모르는데 인력거를 탄다……. 세상에는 별사람이 다

있군요. 쉰네는 그 기분을 상상도 못 하겠습니다."

그녀는 인력거꾼에게 미안해졌다. 뭔가 보답을 하고 싶어졌다.

"선생님께 돈과 시간이 있다면, 무엇을 하고 싶으세요?"

그녀는 이 말을 하고 나서 묘한 기시감을 느꼈다. 처음 할머니를 만났을 때 들은 말과 비슷했다.

"아유, 선생님이라니 저 같은 느슨한 놈한테 그런 말씀 마셔요. 허나 만에 하나 미련한 제게 돈과 시간이 생긴다면…… 그러지요, 저는 제 병을 치료하지요, 집을 얻고 가족을 꾸리고 여유를 부리겠지요."

참으로 평범한 꿈이었지만 비웃을 수만은 없었다. 인력거꾼의 소망은 그녀가 바라는 것이기도 했다. 그걸 이룰 수 없었기에 그녀는 죽으려 들었다. 또다시 자책이 들었다. 어쩌면 그녀가 소년의 행복을 뺏어버린 것일지도 모른다. 소년이 그녀와 함께 은달 카페를 타고 가지 않았다면, 백설을 만날 일이 없었다. 행복하진 않더라도 평범하게 살다 죽었으리라.

인력거가 경성을 한 바퀴 돈 후 그녀를 다시 은달 카페 앞에 데려다주었다. 그녀는 인력거꾼을 위해 뭔가 줘야 한다고

생각했다. 하지만 무엇을 줘야 할지 알 수 없어 한참 고민하
다가 결국 떠올린 것이 빵이었다.

"혹시 빵 좋아하세요?"

"빵이요?"

인력거꾼은 고개를 갸웃거렸다.

"저는 빵같이 귀한 건 제대로 접해본 적이 없어서요."

"그러시군요."

그녀는 인력거꾼의 말에 고개를 살짝 끄덕인 후 카페에
들어갔다.

예전 같았으면 인력거꾼을 도우려고 여러 수를 써보려고
했으리라. 다시 은달 카페를 띄우기 위해 그가 좋아하는 빵
을 생각해보라며 할머니의 레시피북을 들이밀기도 했으리
라. 하지만 그녀에겐 이제 그럴 기운이 남지 않았다.

그녀는 누군가 문을 두드리는 소리에 깨어났다. 테이블에 눈물 자국이 묻은 것으로 볼 때, 자기도 모르게 또 한참 혼잣말로 신세 한탄을 하다 잠이 든 모양이었다. 그녀는 비틀거리며 걸어 카페 문을 열었다. 카페 앞에는 아까의 인력거꾼이 서 있었다. 인력거꾼은 잔뜩 겁을 먹은 표정으로 말했다.

"저, 마님, 청할 것이 있어 왔습니다."

"말씀하세요."

"지금 세상이 멈춘 것 같습니다. 이 세상에서 시간이 가는 곳이라곤 이곳뿐인데…… 이 생각이 참이라면…… 마님이 시간을 멈추신 것 아닙니까? 그렇다면 멈춘 시간을 이만 본래 자리로 돌려주시지 않겠습니까?"

"아, 죄송해요. 제가 그만 빵을 만들어야 한다는 생각을 잊어버려서."

"빵이랑 시간이 뭔가 관계가 있나요?"

인력거꾼은 더욱 겁을 먹은 표정으로 그녀에게 물었고, 그

모습에 그녀는 어쩐지 긴장이 풀려 피시식 웃어버렸다.

"일단 들어오시겠어요? 제가 다 설명해드릴게요."

44

"참으로 별스러운 이야기군요."

인력거꾼은 아이스커피 다섯 잔을 연거푸 마신 후에야 그녀의 이야기를 이해했다.

"마님이 빵을 구우면 이 집이 뜬다니요? 그래야 시간이 흐르기 시작한다니요?"

"맞아요."

"이 집이 다른 번지수에 도착하여 새 객이 들면 다시 시간이 멈추고요?"

"맞아요."

"저처럼 이 건물에 들어오는 작자가 바라는 빵을 만들어야 집이 움직이고요."

"네, 맞아요."

사실, 그 인물이 죽을 뻔한 위기에 처해 있다는 것까지는 말하지 않았다.

"에구머니, 마님께서 혼자 몸으로 집을 끌고 다니셨다

니……."

그녀는 이 말에는 대답하지 않았다. 소년의 얼굴이 눈앞에 아른거린 탓이었다.

"그리하면 쉰네의 책임이 있는 것이겠지요. 함께 먹고 싶은 빵을 찾아봅지요."

그녀는 할머니의 레시피북을 가져와 인력거꾼 앞에 펼쳐주었다. 인력거꾼은 눈을 끔뻑거리며 책을 들여다보더니 안도의 한숨을 내쉬었다.

"그림이 그럴듯하여 다행입니다."

인력거꾼은 한참 집중해서 책을 들여다보았다. 한 장, 한 장 넘길 때마다 인력거꾼의 입에서 감탄사가 튀어나왔다. 마침내 인력거꾼은 할머니의 레시피를 마지막 장까지 모두 훑었다. 그러고는 심각한 표정이 되어 말했다.

"뭘 먹고 싶은지 모르겠네요. 죄다 맛있어 보이기는 하는데 맛을 알아야 고르지……. 마님, 수고스럽지만 하나씩 만들어주시면 안 될까요?"

인력거꾼의 말에 그녀가 살짝 웃었다.

"쉰네가 묘한 말을 했나요?"

"아, 죄송해요. 너무 뜻밖의 말씀이라서."

그녀는 눈치채지 못했다. 소년이 죽었다는 사실을 안 후, 처음 웃었다는 사실을…….

45

계기는 인력거꾼 김 씨가 주었지만, 막상 시작하자 그녀가 누구보다 진심이 됐다. 그녀는 레시피북에 있는 모든 빵을 섭렵할 생각으로 최선을 다했다. 식빵부터 시작해서 도넛까지, 그녀는 정성을 기울여 만들었다. 그때마다 행여 은달 카페가 떠오르지는 않을까 걱정했으나, 그런 일은 일어나지 않았다. 인력거꾼이 원하는 빵이 아니라서인 듯했다.

인력거꾼은 늘 가장 먼저, 유일하게 맛을 품평해주었다.

"흐흠."

"이것은 좀."

"무언가 묘한데."

"느끼하네요."

인력거꾼은 김새는 말을 하면서도 빵을 남기는 적이 없었다. 반드시 모두 싹싹 해치우고는 "다음 빵을 해봅시다"라고 말했다.

그녀와 인력거꾼은 한 달 넘게 함께 빵을 만들었다. 그녀는 예전의 모습, 정확히는 소년과 지냈을 무렵의 모습을 많이 되찾았다. 더는 상복을 대신하던 검정 원피스도 입지 않았다. 본래의 활동하기 좋은 청바지와 티셔츠로 돌아갔다.

인력거꾼은 세상이 멈췄다는 사실을 알면서도 빵을 먹고 나면 반드시 꼬박꼬박 밖으로 나가 인력거를 끌고 경성 시내를 배회했다. 그녀가 왜 그런 일을 하느냐고 물으면 "만에 하나라지 않습니까"라는 대답을 해서 또 그녀를 웃게 했다.

마침내 레시피의 마지막에 실린 빵 만들기에 이르렀다. 마지막은 깨찰빵이었다. 인력거꾼은 이것 역시 천천히 음미하며 맛있게 모두 먹은 후, 말했다.

"요것도 틀렸네요."

"다 만들어봤어요."

그녀가 한숨을 길게 내쉬었다.

"더는 없다고요."

"어쩔 수 없지요."

인력거꾼다운 빠른 수긍이었다. 하지만 다음 말은 예상치 못했다.

"새로 하나를 만들어주셔요."

그녀는 순간 이게 무슨 소리인가 싶어 인력거꾼을 바라보다가 "네? 뭐라고요?"라고 되물었고, 인력거꾼은 별걸 다 묻는다는 표정으로 말했다.

"성에 차는 빵이 없으니 새로 만들어 책에 적어주셔요. 뒤에 빈 곳도 많잖아요."

"아니, 하지만. 제가 어떻게 빵을 만들어요. 이 책에도 없는 빵을."

"마님이 만든 빵은 다 맛있으니 뭐든 다 될 거여요."

"말도 안 돼요. 전 초보라고요."

"제가 준비를 해놨어요. 이리 나와보셔요."

그녀는 인력거꾼의 손에 끌려 밖으로 나갔다. 인력거꾼은 인력거를 가리키며 그녀에게 타라고 했고, 그녀는 일단 탔다.

"꽉 잡으셔요."

인력거가 총알같이 달려갔다. 그녀는 처음 탔을 때와 비교도 할 수 없을 정도로 빠른 속력에 놀라 손잡이를 꽉 잡았다. 그간 인력거꾼이 빵을 먹고 나서 바로 밖에 나간 건 어디까지나 소화를 하기 위해서인 줄 알았는데 아니었던 모양이다. 체력 단련이었나 보다.

"도착했습니다."

얼마 안 가 인력거가 멈췄다. 그녀는 급정거에 가볍게 꺅 하고 비명을 지른 후 정신을 차렸다.

어딘가의 시장에 위치한 빵집이었다. 멈춘 시간 속, 다양한 복장의 사람들이 줄을 서서 뭔가를 기다리고 있었다. 단팥 빵과 소보로를 비롯해 각종 빵이 가득했다. 대부분 다 할머니의 레시피북에 있는 빵들이었다. 그런데 그중 딱 하나, 레시피에 없는 빵이 보였다. 그녀는 그 빵을 보고 눈을 동그랗게 떴다.

"설마, 이걸 보여주려고 오셨어요?"

"마님 빵을 먹다 보니 저도 흥미가 생겼지요. 빵을 구워야 세상이 멈춘 게 해결될 것 아녀요. 이 빵은 맛을 못 보았으니 알려드리자고 마음을 먹었지요."

인력거꾼은 주머니에서 동전을 몇 개 꺼내 툭 던져 놓더니 자신이 하나 들고 다른 하나는 그녀에게 건넸다.

"그러게요, 이 빵은 레시피에 없죠."

그녀는 눈앞의 빵을 손에 집어 들었다. 한 입 씹어 꿀꺽 삼킨 후 말했다.

"하지만 저도 만들 수 있죠."

그렇게 그녀는 할머니의 레시피에 실을 새로운 빵을 발견했다. 어린 시절, 그녀도 무척 즐겨 먹었던 꽈배기를.

46

은달 카페로 돌아온 그녀는 바로 레시피북부터 폈다. 분명 할머니의 레시피에서 꽈배기 만들기에 도움이 될 페이지가 있었다.

"여기 있다!"

"도넛이지요? 쉰네도 기억합니다."

"맞아요. 꽈배기와는 다르지만 분명 만드는 법은 비슷할 거예요. 참고가 되겠죠?"

그녀는 꽈배기 반죽을 시작했다. 너무 세밀하게 분량을 따지진 않았다. 적당한 눈대중으로 밀가루를 넣고 물을 넣고 버터를 떼어 넣었다. 만들다가 질거나 너무 되다 싶으면 더 섞으면 그만이었다.

예전의 그녀라면 완벽하게 만들어야 한다는 생각에 겁부터 먹었으리라. 이젠 달랐다. 실패하면 또 새로 만들면 그만이었다.

그녀는 틈틈이 만드는 방법을 메모했다. 각종 재료의 이름과 무게를 적고 함께 그림을 그려 넣으면 자신이 대단한 사람이 된 기분이 들었다.

그 사이 인력거꾼은 다시 밖으로 나갔다. 꽈배기를 먹었으니 또 한 바퀴 돌고 오겠다는 묻지도 않은 말을 덧붙였다.

인력거꾼이 돌아올 무렵, 생지를 완성했다.

"자, 이제 튀겨볼까요?"

"쇤네는 무엇을 도울까요?"

"커피를 준비해주실래요?"

"그것이 쇤네가 가능할까요?"

"쉬워요."

그녀는 인력거꾼에게 에스프레소 머신 다루는 법을 가르쳐주었다. 인력거꾼은 팔짱을 긴 채 인상을 한참 쓰며 연신 고개를 끄덕이며 귀 기울여 듣더니, 뚝딱 에스프레소를 뽑아냈다.

"대단하세요! 저는 열 번은 실수했는데!"

"서당 개 삼 년이면 풍월을 읊는다는데 요기서 빵이랑 코오피를 얻어먹은 개수로 이 정도는 가능해야 개보다는 낫지요."

그녀는 인력거꾼이 신나서 커피를 만드는 사이 기름 솥을 올렸다. 가스레인지에 불을 켜다가 순간 "가스레인지는 어떻게 작동하는 거지? 냉장고는?" 같은 질문을 떠올렸다가, 그간 이런 식의 질문을 전혀 던져본 적이 없었다는 사실을 깨닫고 피식 웃었다.

기름 솥에 꽈배기 반죽을 넣었다. 노릇노릇하게 구워지자 꺼냈다. 철망에서 기름을 뺀 후 접시에 놓으면 완성이었다. 그 사이 인력거꾼은 두 잔의 아이스커피를 준비했다. 인력거꾼과 그녀는 테이블에 마주 보고 앉아 각자의 몫을 손에 들었다. 갓 튀긴 꽈배기는 입안에서 사르르 녹는 것만 같았다. 차갑고 시원한 아이스커피와 먹으니 더욱 맛있었다.

이제 메모한 것을 모아 할머니의 레시피에 꽈배기를 추가할 차례였다. 단순한 정리 작업에 불과했는데도 긴장해서 손이 덜덜 떨렸다. 할머니의 레시피북에 그녀의 레시피가 흠이 될 것 같았다.

"마님, 꽈배기는 참말로 맛있습니다."

인력거꾼이 그녀의 망설임을 눈치챈 듯 말했다.

"이 세상에 다시는 없을 빵이네요."

그녀가 인력거꾼과 눈을 마주쳤다. 미소 지었다.

"그 말이 필요했어요."

그녀의 손이 기록을 시작했다.

그녀는 남은 꽈배기를 인력거꾼에게 싸주었다.

"정말 쉰네가 물러날 때가 되었네요."

"그러게요. 아쉬워서 어쩌죠. 아참, 잊지 말고 병원 가세요. 지금은 시간이 멈췄어도, 다시 아플 수 있어요."

"그래보지요. 지금부터 곧 해보지요."

인력거꾼이 정말 은달 카페를 나섰다. 그녀는 심호흡을 크게 한 후 할머니의 책을 펼쳤다. 자신이 적은 레시피를 보며 천천히 꽈배기를 만들기 시작했다. 오직 한 가지만 생각했다. 이 세계의 시간이 다시 돌아오길, 자신으로 인해 멈춰버린 모든 것들이 제자리로 돌아가기만 바랐다.

48

인력거꾼 김 씨는 꽈배기를 먹으며 은달 카페가 떠오르는 걸 지켜보고 있었다. 처음엔 대체 저 집이 어떻게 떠오른다는 건가 싶었는데, 너무나 자연스럽게 집이 뜨더니 두둥실, 두둥실 멀어져 갔다. 김 씨는 보면서도 이 광경이 믿기지가 않았다. 그래서 주변에 지나다니는 사람에게 "저기 보이십니까? 저기 하늘에?" 하고 물으며 하늘을 나는 은달 카페를 가리켜 보였다.

"보이긴 뭐가 보여?"

사람들은 하나같이 퉁명스러웠다. 이상하게도 은달 카페가 보이는 이는 김 씨밖에 없었다. 김 씨는 이 사실이 안타까웠다.

김 씨는 은달 카페가 완전히 사라질 때까지 바라보다가 자신을 부르는 손님을 찾아 자리를 떴다. 언젠가는, 이 은혜를 갚을 날이 오길 바라며…….

그녀는 할머니의 레시피를 완벽하게 깨우쳤다. 이제 어떤 사람이 갑작스레 나타나도 당황하지 않을 자신이 있었다. 그렇기에 그녀는 은달 카페가 다시 어딘가에 멈추기 위해 서서히 착륙할 때, 창밖으로 보인 장소가 너무나 낯익어서 놀랐다. 다시 현대로 돌아오고 있었다. 그녀가 여행을 시작했던 그 시각, 그 장소로.

은달 카페가 멈춰섰다.

"이제 소원을 이루었나요?"

그녀는 놀라 뒤를 돌아보았다.

"할머니!"

할머니가 그녀의 등 뒤에 서 있었다. 그녀는 놀라 할머니를 바라보았다가 벽시계의 시각을 확인했다. 아무 일도 없었다는 듯 시간이 흐르고 있었다.

"대체 어딜 갔다 오신 거예요! 그 사이 제가 무슨 일을 겪었는지 아세요!"

"저는 당신의 소원을 이뤄준 것뿐이에요."

"제 소원은…… 죽는 건데요?"

"당신은 바랐어요. 이 세계의 시간이 다시 돌아오길, 멈춰 버린 모든 것이 제자리로 돌아가길."

"그걸 어떻게 아세요? 저 혼자 생각한 건데 어떻게?"

"이제 돌아가세요, 당신의 세계로."

"이건 꿈인가요? 저는 이상한 꿈을 꾼 거예요?"

할머니가 질문의 대답을 하기도 전, 자정을 울리는 종소리가 났다. 그녀는 너무 놀라 뒤를 돌아보았다.

등 뒤엔 시계의 벽이 없었다. 아니 벽 자체가 없었다.

다시 앞을 바라보았다.

그녀의 앞에는 할머니도, 은달 카페도 존재하지 않았다. 그녀의 앞에는 목을 매달려고 했던 나무와 의자가 있을 뿐이었다.

그녀가 고개를 쳐들었다. 처음 은달을 발견했던 밤하늘을 바라보았다. 거대한 은달은 존재하지 않았다. 어두운 밤, 낯익은 보름달이 떠 있을 뿐이었다.

그녀는 온 길을 걸어 집으로 되돌아갔다. 집에 들어가자마자 현관에 털썩 주저앉았다. 자신에게 일어난 일을 곰곰히 곱씹어보았다. 아무리 생각해도 말도 안 되는 일이었다. 깬 채로 꿈을 꿨거나 귀신에게 홀렸다고 생각하는 게 옳았다.

그녀의 방은 지저분했다. 오늘 죽는다고 생각했기에 청소도 하지 않았다. 그녀는 자신의 방을 아무 감정 없는 눈으로 훑다가 도서관 책에 시선이 꽂혔다. 죽으려고 들기 직전, 문자가 한 통 왔었다. 연체 도서를 반납하라는 문자였다. 그녀는 빌린 책을 찾다가 순간 움찔했다. 반납 못한 책들 중《소설가 구보 씨의 일일》과《주석 달린 오즈의 마법사》가 있었다.

역시 그건 꿈이었나.

그녀는 책을 가만히 바라보다가 기분이 이상해졌다. 하지만 다음 순간 고개를 저으며 애써 마음을 추슬렀다. 내일 아침, 책을 반납하자고 생각하며 일단 잠을 청했다.

50

생각보다 더 피곤했는지 꿈도 꾸지 않고 단잠을 잤다. 창문 사이로 스며드는 햇빛에 그녀는 게슴츠레 눈을 떴다. 잠시 이곳이 어디인가, 은달 카페인가 혼란스러웠다. 그녀는 천천히 몸을 일으켰다. 현실을 직시했다. 이곳은 그녀의 자취방이다.

그녀는 도서관에서 빌린 책을 챙겨 집을 나섰다. 현관문이 조금 크게 닫혀서 흠칫 놀랐지만 죄송하다는 혼잣말은 하지 않았다. 걸어갈까 하다가 환상 같은 간밤의 체험 속에서 자전거를 탔던 걸 떠올리고는 공공자전거를 빌렸다.

도서관에 도착해 책을 반납했다. 마침 담당자는 그녀가 얼굴을 모르는 사람이었다. 어쩌면 그녀 대신 계약직 사서로 취직한 것일지도 몰랐다. 담당자는 빌린 책을 반납 처리하며 그녀의 이름을 확인했다.

"이연정 씨, 본인 맞으시죠?"

이연정.

그녀는 자신의 이름이 무척 낯설었다. 태어나서 처음 이름을 들어보는 듯한 기분이었다. 하지만 그만큼 새롭기도 했다.

"이연정 씨?"

"아, 네. 맞습니다. 접니다."

그녀는 두말없이 연체료를 낸 후 깊게 고개 숙여 사과했다. 그녀가 너무 깊게 사과하자 오히려 직원이 더 미안해할 정도였다.

"연정 씨 아니야?"

열람실을 나오는데 누군가 그녀를 불러 세웠다. 그녀는 너무 오랜만에 불린 자신의 이름이 낯설어서 한 박자 늦게 천천히 고개를 돌렸다. 뒤를 돌아보니 근무하던 당시 몇 번이고 밥을 같이 먹었던 40대 정직원 사서가 서 있었다.

"자기 그렇게 그만두고 우리가 마음이 너무 힘들었어. 요즘 어때? 쉬어?"

"예, 뭐……."

"잘됐다. 곧 충원 연락 갈 거야. 어디 취직하지 말고 기다려. 알았지?"

예상치 못한 이야기에 그녀는 얼떨떨했다. 어설픈 웃음으로 대답을 대신하고 도서관을 나오며, 자꾸 아까 했던 대화를 곱씹었다. 지금껏 그녀는 자신이 부족해서 정직원 사서들이 자신과 거리를 둔다고 생각해왔다. 그만두게 된 것도 다자신의 태도 탓일지도 모른다고 여겼다. 하지만 방금 전 대화한 사서의 태도를 보자면 모두 자신의 착각이었나 싶었다. 한참 생각에 빠져 걷다 보니 알아서 발이 상가 지구로 향했다.

51

그녀는 낯익은 간판을 발견했다.

은달 베이커리 카페

그녀는 모든 게 꿈이라고 스스로에게 다독여왔다. 그런데
어떻게 꿈속 공간이 눈앞에 나타난단 말인가. 그녀는 놀라
유리문부터 확인했다. 유리문에는 간밤, 꿈속에서 봤던 아르
바이트 모집 공고문이 없었다. 역시 그저 우연의 일치일까.

"어서 오세요!"

문이 활짝 열리면서 차월우가 나왔다. 차월우는 꿈속에서
봤던 모습 그대로였다. 커트 머리에 키가 크고 씩씩한, 표정
에서 자연스레 자신감이 드러나는 사람이었다.

"들어오세요, 들어오세요."

그녀는 우물쭈물하며 카페 안에 들어섰다. 주변을 두리번
거리며 꿈속에서 자신이 했던 행동을 떠올렸다.

그녀는 꿈속에서 진열대에 자신이 구운 모닝빵을 매일 갖다 놨다. 눈앞의 진열대에 그런 흔적이 전혀 보이지 않았다. 대신 못 보던 빵이 잔뜩 놓여 있었다. 흰 소스와 푸른 채소를 섞어 넣은 모닝빵. 흔히 유행하는 대파소금빵과 비슷한 느낌이 들면서도 향이 달랐다.

"어니언 크림치즈와 고수……?"

"어머, 맞아요. 알아보시네요. 저희 시그니처 메뉴인 고수 모닝빵이에요. 저희 빵집을 설립하시기도 한 증조할아버지가 즐겨 드시던 거예요."

그녀가 기억하던 은달 베이커리 카페의 시그니처 메뉴는 은달 크루아상이었다. 그런데 고수모닝빵이라니?

그녀는 벽으로 다가갔다. 조금 고개를 들어 사진을 보다가 눈을 동그랗게 떴다.

"월우? 이월우?"

"어, 어떻게 아셨어요? 저희 증조할아버지 성함이 이, 월 자, 우 자인데. 저희 할아버지가 아주 드라마틱한 인생을 사셨답니다. 증조할아버지는 여덟 살 때 운명의 여인을 만났어요. 저희 증조할머니인데요, 증조할머니의 생명을 구한 후 그 인연으로 결혼하셨어요."

"어떻게 이런 일이……."

"그런데 어떻게 저희 증조할아버지 성함을 아세요?"

차월우가 호기심이 가득 실린 눈으로 그녀를 바라보았다. 그녀는 그런 차월우에게 자신의 경험을 어떻게 이야기해야 할지 알 수 없어, 이렇게 말했다.

"글쎄요, 왜일까요……. 그보다 혹시 아르바이트 안 구하세요?"

오랜 시간, 마음에 담아둔 말이었다.

······그리고 은달이 뜬 어느 밤

    소년은 불안한 표정으로 세브란스 앞에 서 있었다. 서울까지 오는 건 어렵지 않았으나, 문제는 다음이었다. 과연 어른들이 보호자도 돈도 없는 자신의 말을 듣고 백설을 도와줄지 불안했다. 소년은 백설을 꼭 끌어안은 채 시간이 흐르기만을 기다렸다.

    마침내, 시간이 움직였다. 소년은 겁을 먹은 채 세브란스 정문을 바라보았다. 그런데 정문이 벌컥 열리더니 흰 가운을 입은 의사들이 나왔다. 의사들은 주변을 두리번거리지도 않고 바로 소년에게 다가와 말을 걸었다.

    "이월우 군 맞지? 이 아이는 백설이고?"

    "네? 네?"

의사는 소년의 대꾸를 답으로 받아들였다. 소녀를 들것에 옮겨 병원 안으로 들어가는 한편, 소년의 손을 꼭 잡더니 두 눈을 마주보며 말했다.

"이제 아무것도 걱정하지 않아도 된단다. 김 회장님이 미리 당부해주셨어."

"김 회장님……?"

소년은 의사의 말을 이해할 수 없었다. 대체 김 회장님이 누굴까?

의사의 뒤에서 고급 정장을 잘 차려입은 중년의 신사가 나타났다. 그는 소년의 앞에 쭈그리고 앉더니 그 손을 잡으며 말했다.

"이월우 군, 이제는 아무 걱정 안 해도 됩니다. 모든 수속은 제가 해두었습니다."

"아저씨는 누구세요?"

어리둥절해하는 월우에게 중년 신사는 계속 다정하게 말을 걸어주었다.

"무려 십육 년 전의 일입니다. 저는 당시 보잘것없는 인력거꾼으로 경성을 떠돌고 있었는데……."

작가의 말

'그때는 맞고 지금은 틀리다'라는 시쳇말이 있죠. 제게 있어서는 20대가 그런 시절이었습니다. 그때는 틀리고, 지금은 맞다는 점이 다르지만요.

20대 중반의 저는 지금과 아주 다른 사람이었습니다. 내가 세상에 태어난 것에는 뚜렷한 목적이 있고, 그 목적을 이루기 위해 살아간다고 생각하고 있었거든요. 그렇게 살다 보니, 한 번 목표로 한 것에 실패하자 걷잡을 수 없이 무너지더라고요.

하나의 목표를 잃은 후, 저는 심한 우울증이 왔습니다. 그 탓이었을까요, 몸무게가 순식간에 15킬로그램 가까이 빠져서 뼈만 남은 듯한 상태가 되었습니다. 이후 많은 방황을 하다가 결국 극단적 시도를 하기에 이르렀습니다.

이후 저는 한동안 아무것도 할 수 없었습니다. 그런 저를 구원한 것은 시간이었습니다. 그리고, 자기 자신이었습니다. 오랜 시간에 걸쳐 그저 하루하루를 보내며, 순간순간에 전념하다 보니 깨달을 수 있었습니다.

인생을 살아가는 데는 목표도 목적도 필요 없어.

그저 하루하루를 즐기면, 그것만으로 충분해.

그렇게 소소하지만 확실한 행복은 제 인생의 새로운 모토가 되었습니다.

깨달았다고 해서 단번에 우울증에서 벗어나지는 못했습니다. 우울증은 그렇게 만만한 녀석이 아니거든요. 저는 이 우울증과 오랜 시간 동고동락을 계속해오고 있습니다. 아마 평생 이렇게 살 것 같아요. 하지만 더는 극단적 선택을 할 정도의 우울에 빠지지 않습니다. 이제 알기 때문입니다, 내게는 강력한 내 편이 있다는 사실이 있다는 사실을. 시간이, 나 자신이 나의 가장 큰 구원자가 되리라는 믿음이 있기에, 이 순간은 어떻게든 지나가리라 여길 수 있게 되었습니다.

《은달이 뜨는 밤, 죽기로 했다》의 주인공 '그녀'는 이런 저와 닮은 꼴입니다. 아무도 날 도와주지 않고, 살아서는 안 될 것 같다는 생각을 하던 '그녀'는 무한한 시간을 만나게 됩니다. 이후, 다양한 사람을 만나 자신을 믿게 되면서 구원이 이르는 다음으로 넘어가는 계단을 밟게 됩니다.

앞으로 펼쳐질 '그녀'의 인생에는 아마 많은 굴곡이 있을 것입니다. 그때마다 '그녀'는 또 좌절하겠지요. 하지만 지금의 저처럼 '그녀'는 알게 될 것입니다. 내게는 강력한 내 편이 있다는 사실을. 시간이, 나 자신이 내 편인 이상 그저 이 순간을 즐기며 살면 된다는 사실을.

이 순간, 모든 것을 놓아버리고 싶은 당신께 이 책을 보냅니다.

2024년 가을 평택에서
조영주

은달이 뜨는 밤, 죽기로 했다

초판 1쇄 2024년 10월 10일

지은이 조영주
펴낸이 박은영

펴낸곳 마티스블루
주소 서울시 마포구 토정로 222 한국출판콘텐츠센터 402호
등록 2022년 5월 26일 제2022-000147
홈페이지 www.matissebluebooks.co.kr   **인스타그램** @matisseblue_books
이메일 matisseblue23@gmail.com
디자인 Chestnut   **제작** 357제작소

ISBN 979-11-979934-6-6 (03810)

• 이 책은 평택시문화재단 〈2024년 문화예술활동 지원사업〉의 지원을 받아 발간·제작되었습니다.